Je lis!

Un tournage mouvementé

Titre original : « Mon big à moi » : *Lolita Star # 3 Deux amies en plein tournage*

Dans la même collection :

Série Une vie de star : *Une nouvelle amie (Tome 1)*
Un anniversaire fantastique (Tome 2)
Un tournage mouvementé (Tome 3)

Série Jeux vidéo : *Les Aventuriers des jeux vidéo (Tome 1)*
Destination Jeux vidéo (Tome 2)

Série Lolly Pop : *Les Secrets de Lolly Pop (Tome 1)*
Lolly Pop et les bonbons magiques (Tome 2)
Lolly Pop et le festival des sorciers (Tome 3)

Série Les jumelles fantastiques : *SOS licorne (Tome 1)*

Série Scarlett 007 : *Une mission ultrasecrète (Tome 1)*

Série Fidji : *Fidji et ses drôles d'animaux (Tome 1)*

Série Gigi : *Gigi et la lampe magique (Tome 1)*

FLEURUS

Direction : Guillaume Arnaud, Guillaume Pô
Direction éditoriale : Sarah Malherbe
Édition : Sophie Brault, assistée d'Amandine Doubre
Direction artistique : Élisabeth Hébert
Mise en pages : Cromatik Ltée ; Vincent Fraboulet
Direction de la fabrication : Thierry Dubus
Fabrication : Marie Dubourg

ISBN : 978-2-2151-7114-0
MDS : FS00005

« Loi n°49-956 du 16 juillet 1949 sur les publications destinées à la jeunesse. »

Numéro d'édition : J19030
Achevé d'imprimer en décembre 2018 par Aubin – Chemin des Deux Croix – CS 70005 – 86240 Ligugé – France
Dépôt légal : Janvier 2019

1, 2, 3... Je lis !

TEXTES DE MARILOU ADDISON
ILLUSTRATIONS D'ALICE TURQUOIS

UNE VIE DE STAR

Un tournage mouvementé

FLEURUS

Les mots les plus difficiles sont suivis d'une étoile (✶).
Reporte-toi au lexique p. 408 pour tout comprendre.

Bonne lecture !

Chapitre 1

Un jet privé, une piscine chauffée et un atterrissage forcé !

Rosalie Sans-le-sou sort de la salle de bain, une serviette rose enroulée autour du corps. Elle frissonne, mais ce n'est pas de froid. En effet, il fait très chaud par ici. Il faut dire que le jet privé dans lequel Rosalie et Lola ont pris place possède TOUTES les commodités* existantes !

À commencer par une salle à manger où Bernadette, la cuisinière dévouée de la jeune vedette, prépare mille et une collations* destinées aux deux fillettes. Il y a aussi un cinéma maison, où elles peuvent voir le film de leur choix. (Même ceux qui ne sont pas encore sur grand écran !) Si on se dirige vers le fond

de l'appareil, une salle
conçue pour faire
de la gym les attend.
(Ainsi qu'un trampoline
ultra rebondissant !)

Mais le plus incroyable se trouve juste devant Rosalie : l'énorme, la gigantesque, l'éléphantesque, bref la TITANESQUE* piscine creusée, chauffée et tout équipée ! Dans un coin, il y a même un long toboggan torsadé. De l'autre côté, toutefois, l'immense tremplin effraie légèrement Rosalie.

À l'autre bout de la piscine (qui est trèèèès longue), Lola Star attend sa meilleure amie, le corps à moitié immergé* dans l'eau.

Elle lui fait signe
de venir la rejoindre,
mais Rosalie hésite.
Malgré les cours de
sirène qu'elle a suivis
il y a peu de temps,
elle ne se sent pas
encore très à l'aise
lorsqu'elle doit nager
dans un si gros bassin.

Pour l'encourager, Lola décide de se percher sur le rebord de la piscine, puis elle attrape son portable. Rapidement, elle écrit un message à son amie.

Qu'est-ce que tu attends ? Viens te baigner !

LOLA

Rosalie sursaute en sentant son propre téléphone vibrer entre sa serviette et son maillot de bain. Elle l'attrape pour répondre au message de Lola.

ROSALIE

J'hésite… Est-ce que l'eau est froide ?

Pas du tout ! Elle
est super bonne !
Regarde-moi,
je vais plonger !
Tu pourras me
donner une note
ensuite.

LOLA

La jeune vedette lâche son portable, sort de l'eau et se dirige vers le plongeoir. Elle se positionne tout au bout, les bras tendus au-dessus de sa tête, prend un peu d'élan et se propulse dans les airs. Lola effectue une pirouette, puis retombe avec grâce dans la piscine. Le tout sans produire la moindre éclaboussure !

Impressionnée, Rosalie ne peut faire autrement que de lui donner un 10 ! Dans la bonne humeur, elle soulève une pancarte avec le chiffre haut devant elle. Lorsque Lola émerge de l'eau auprès de son amie, elle crie de joie en voyant sa note.

— Hourra ! À ton tour,
Rosalie !

— Ah non…
Moi, je ne suis pas
capable de plonger
de cette hauteur.
Je n'aime pas grimper
si haut, tu le sais bien.

— Tu n'as qu'à ne
pas regarder vers le
bas et tout ira bien !,
réplique Lola.

— Mais si je ne regarde pas en bas, je pourrais tomber à côté de la piscine. C'est beaucoup trop dangereux !

— Bon, d'accord... mais va au moins essayer le toboggan, alors !

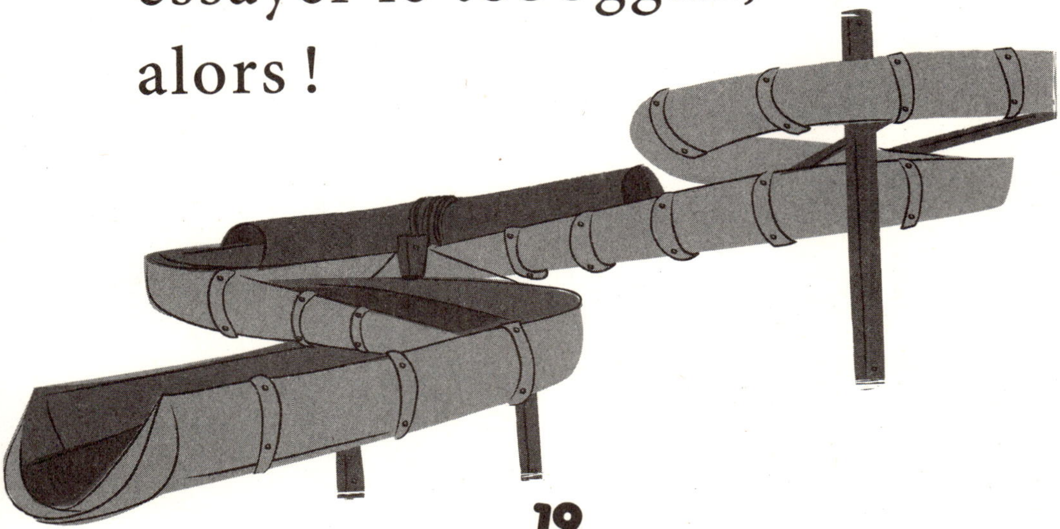

Rosalie se tourne vers ce dernier, mais elle ouvre grand les yeux en le contemplant*. La glissade doit durer très longtemps, car elle est vraaaaiment longue ! De plus, une partie du toboggan est recouverte par un petit toit, ce qui lui donne une forme de tube et le rend assez effrayant...

Mais la jeune fille
n'a pas le temps de
s'inquiéter davantage,
car une main vient
de saisir la sienne
pour la tirer vers
la fameuse descente.

Lola, dégoulinante,
veut absolument
que Rosalie l'essaie.
Celle-ci se laisse
entraîner de mauvaise
grâce et grimpe à
la suite de son amie.

Arrivée en haut,
elle s'installe devant
le tube, hésitante.
Légèrement effrayée,
elle tourne la tête vers
Lola pour lui demander
si elle ne veut pas
y aller en premier.

— Si tu veux
passer avant moi,
aucun problème,
commence Rosalie.
Je te cède ma place,
d'accooooord ??!!!

Rosalie s'est mise à hurler. C'est que la jeune vedette vient de la pousser dans le dos pour qu'elle s'exécute enfin et cesse d'avoir si peur. Le cri de la jeune fille se répercute* à l'intérieur du tube. Elle glisse d'un côté puis de l'autre à une vitesse folle. Vivement que ça se termine !

Pourtant, le plus étrange, c'est que la descente semble durer des heures ! Changement de direction à 90 degrés. Petit saut dans les airs. Oups, voici Rosalie qui pénètre dans un tunnel totalement sombre. Elle sent son cœur battre à un rythme dément* dans sa poitrine !

Enfin, la lumière du jour apparaît au loin. Et la voici qui débouche tout en bas.

Rosalie plonge dans l'eau de la piscine,

les fesses en avant, et éclabousse tout ce qui se trouve autour d'elle. Elle a à peine le temps de sortir la tête de l'eau que Lola jaillit à son tour et lui asperge le visage. Les joues rouges, le souffle court, Rosalie n'est pas au bout de ses surprises, car dès que son amie est projetée à ses côtés, celle-ci s'écrie :

— Wow !
C'était génial !
On recommence ?!

— Ah non, une fois,
c'est suffisant pour moi !

— Voyons, Rosalie !
Si tu ne t'habitues pas
à faire des cascades, tu
ne pourras jamais jouer
ma doublure dans mon
prochain film, tu sais...

Rosalie grimace.
Son amie a raison.
Elle doit se ressaisir
et s'armer de courage.
Après tout, si elle
accompagne Lola Star,
c'est dans le but de faire
des tas d'acrobaties
dangereuses. Autant s'y
mettre dès maintenant.
C'est pourquoi elle finit
par sortir de la piscine
pour retourner
une dizaine de fois
dans le toboggan.

Lorsqu'elle n'en peut plus, elle indique à Lola qu'elle a besoin d'une pause. La jeune vedette vient la rejoindre et toutes les deux vont se réchauffer dans le jacuzzi* ultra chaud situé dans une autre pièce. Vraiment, ce jet privé est sûrement le plus GRAND avion qui existe sur terre ! Ou plutôt, dans les airs !

Les filles s'immergent dans l'eau brûlante tout en admirant la vue qu'elles ont du ciel. Le jacuzzi est installé tout près de larges fenêtres scellées leur permettant d'observer le ciel et ses nuages. Lola remue les pieds, un grand sourire éclairant son visage. C'est la première fois qu'elle invite une amie dans son jet et elle se rend compte qu'il est

beaucoup plus agréable
de faire le trajet en
bonne compagnie.
Ce qu'elle s'empresse
de dire à Rosalie.

— Je suis tellement
heureuse que tu viennes
à Hollywood avec
moi ! On va s'y amuser
comme des folles !
J'ai hâte de te montrer
ma maison. Tu sais,
le manoir près de chez
toi, ce n'est qu'un petit

chalet de rien du tout. Ma vraie demeure est bien plus grande. À moins qu'on dorme à l'hôtel le temps du tournage...

— Tu es sérieuse ?! Un petit chalet ? Voyons, ton manoir est IMMENSE !!!

Lola balaie l'air d'une main, peu encline* à en discuter. Elle se contente de changer de sujet.

— Je t'ai raconté le scénario du film dans lequel nous allons jouer ?

Rosalie secoue la tête, prête à en entendre davantage.

— Bon, tiens-toi bien, parce que… ça va secouer !

— Qu'est-ce que tu veux dire par là ?, demande Rosalie, en sentant justement l'avion se mettre à secouer dans tous les sens, avant de plonger... vers l'océan qui se trouve en-dessous d'elles !

— Oh, je crois que c'est justement le moment de se préparer.

— De se préparer à quoi ???, s'énerve Rosalie, qui suit Lola hors de l'eau.

— Tiens, enfile ça, réplique simplement celle-ci en lui tendant une tenue orange.

Rosalie s'exécute sans comprendre ce qui lui arrive. Dès que c'est fait, Lola lui met un sac à dos dans les mains, ainsi qu'une paire de lunettes.

Puis la jeune vedette part en direction de la cabine de pilotage. Sur place, les deux filles rencontrent les membres de l'équipage. Ceux-ci portent tous un sac à dos et des lunettes pour se protéger du vent. Rosalie sent alors son ventre se nouer…

Mais elle ne peut en parler à Lola, car cette dernière vient de se planter devant une porte ouverte et de…

… SE LANCER DANS LE VIDE !!!

Chapitre 2

Dans le ciel, on trouve de tout, même une ennemie !

Rosalie s'apprête à reculer, à tourner les talons et à partir en sens inverse. Il n'est pas question qu'elle fasse un saut en parachute aujourd'hui ! D'abord parce qu'elle n'a pas été entraînée pour ça et qu'elle s'écraserait sûrement comme une belle crêpe bien cuite ! Ensuite parce qu'elle a une peur bleue des hauteurs depuis

qu'elle a dû escalader
le manoir de Lola
pour se rendre dans
la chambre de celle-ci !

Pourtant, le reste de l'équipage ne semble pas vouloir l'écouter. Avant même qu'elle ait fait le moindre pas, elle sent qu'on la pousse dans le dos. La voilà qui trébuche et bascule…

... DANS LE VIDE
À SON TOUR !!!

Le cri de Rosalie s'arrête bien vite. Il faut dire que le vent qui lui entre dans la bouche lorsqu'elle essaie de hurler l'empêche carrément de respirer. Les joues gonflées, les yeux ronds et les cheveux dans tous les sens, la jeune fille a l'impression que sa descente s'accélère. Par chance, elle porte toujours ses lunettes,

ce qui empêche le vent
de lui brûler les rétines*.

Autour d'elle,
il n'y a que des nuages,
des nuages, et encore
des nuages ! Aucune
trace de Lola ! À moins
que… le petit point tout
en bas soit justement
son amie ? Oui !
C'est sûrement elle !
Rassurée, Rosalie se met
à bouger les bras et

les jambes afin d'aller la rejoindre. On croirait qu'elle est en train d'effectuer la technique du petit chien qui nage. Ce n'est vraiment pas une réussite…

Pourtant, elle ne perd pas espoir et, peu à peu, le minuscule point qu'elle tente de rattraper semble grossir... grossir... grossir ! Jusqu'à ce que Rosalie se rende compte que le parachutiste n'est pas du tout Lola ! Elle le sait par la couleur de sa combinaison. Alors que les deux filles ont enfilé une tenue orange, l'inconnu

en porte une
de couleur rose !
Qui peut bien avoir
décidé de sauter en
même temps qu'elles ?

Rosalie a bientôt
sa réponse, car le
parachute de l'inconnu
s'ouvre d'un coup sec,
ce qui fait remonter
celui-ci à sa hauteur.
Apparaît alors tout près
d'elle le visage d'une
jeune fille de son âge,

portant des lunettes serties* de diamants et un costume qui brille de mille feux. Wow... cette fille est peut-être même encore PLUS riche que Lola Star, ce qui n'est pas peu dire !

En parlant de Lola… cette dernière plonge à travers un nuage, les bras tendus devant elle. Elle arrive à toute vitesse à côté de Rosalie, avant de stopper sa course en empoignant sa meilleure amie et d'ouvrir elle aussi son parachute. Les deux filles s'élèvent de quelques mètres dans les airs à leur tour.

Ouf… Rosalie n'avait pas réalisé que le sol commençait à se rapprocher ! Elle jette un coup d'œil vers le bas et prend une bonne inspiration. Une chance que Lola savait ce qu'elle faisait, parce que c'était loin d'être son propre cas !

Le reste de la descente se fait doucement, ce qui permet à la jeune fille de poser la question qui la ronge depuis quelques minutes.

— C'est qui, tu crois, la fille qui saute en parachute en même temps que nous ?

Lola secoue la tête, fronce les sourcils puis soupire, avant de répondre :

— Bof, c'est sans importance. Alors, tu as aimé ton saut ? demande-t-elle, visiblement pour changer de sujet.

— NON ! Ne me refais plus jamais un truc

pareil, toi ! En plus, je ne sais même pas comment fonctionne mon parachute ! Tu imagines ?! J'aurais pu mourir !!!

— Mais non, voyons ! J'étais là ! Sans compter que… Oh, une minute, je viens de recevoir un SMS. Tiens-toi à moi pendant que je fouille dans ma poche.

Rosalie se dépêche d'enrouler ses bras autour du cou de son amie, tandis que celle-ci sort son portable rose à paillettes de sa combinaison.

Puisque les deux filles sont très proches, Rosalie peut très bien lire le message que Lola vient de recevoir.

MAGGIE
STARLETTE

Tiens… tu portes des vêtements de pauvre, maintenant ? Qu'est-ce que c'est que cette tenue affreuse, dis-moi ? Et qui est cette fille, avec toi ? Elle n'est pas connue, que je sache. Tu te fais voir avec des gens qui ne sont pas célèbres, désormais ?

Lola grogne, puis range son téléphone sans prendre le temps de répondre. Intriguée, Rosalie lui demande aussitôt :

— Qui c'est, cette Maggie Starlette ? Et comment elle peut avoir vu les vêtements que tu portes ?

— Parce qu'elle est juste là, marmonne la jeune vedette en soupirant, avant de pointer l'autre parachutiste qui leur fait un signe de la main au loin.

— Mais… tu m'avais dit que tu ne la connaissais pas !?, rétorque* Rosalie.

— Non, j'ai dit qu'elle n'était pas importante. Cette fille est... Argh ! Elle me fait enrager à chaque fois que je la croise.

— Pourquoi ?

— Je t'expliquerai en bas. Pour l'instant, il va falloir se préparer à atterrir, d'accord ?

Tu vas faire exactement ce que je te dis.

Rosalie hoche la tête, la bouche sèche.

— Bon, pour commencer, je vais t'attacher à moi avec ce harnais, explique Lola en montrant une ceinture cousue à sa taille. Ensuite, lorsque nous serons tout près de la terre ferme, tu ne dois pas poser les pieds au sol avant moi. Je te dirai à quel moment tu pourras le faire. Tu es prête ?

— Euh… est-ce que j'ai réellement le choix ?

— UN… DEUX… TROIS…, compte Lola à voix haute avant l'atterrissage.

Les pieds de la jeune fille touchent sans encombre l'herbe verte sur laquelle elle s'apprête à atterrir, mais Rosalie, trop pressée de toucher terre, l'imite. Les voilà qui basculent vers l'avant

et s'enroulent dans
leur propre parachute.
Puis elles se mettent
à débouler* à toute
vitesse pendant
plusieurs secondes.
Lorsqu'elles ralentissent
enfin, c'est à peine si on
peut apercevoir le bout
de leur tête sortir
du long tissu.

— Je t'avais DIT
de ne PAS poser
les pieds par terre, il me semble !, rouspète Lola.

— Oui, c'est que... je... je m'excuse !!! Je crois que je n'ai pas bien compris cette partie de ton explication...

Au moment où Rosalie termine sa phrase,

l'autre parachutiste vient se poser en douceur à côté des deux filles. Elle marche ensuite vers celles-ci, un air suffisant* sur le visage, avant de lâcher :

— Ouais… on peut dire que tu as drôlement changé, Lol, depuis ton départ. Il était plus que temps que tu reviennes à Hollywood, à ce que je vois ! Bon, je vais aller me changer et ensuite, on fait une petite session shopping ? J'ai teeeellement besoin d'une nouvelle garde-robe*, si tu savais !

— Désolée, je suis occupée, réplique Lola, sans le moindre sourire.

— D'accord… une autre fois, alors. Mais ne traîne pas trop. Et surtout, cesse de ramasser n'importe qui dans les airs. Ou on va finir par croire que tu préfères les chiens errants aux gens comme toi et moi… Allez, à plus, Lol !

Lola se dépêtre* du parachute, très en colère.

Puis, elle se dirige vers l'avion qui vient de se poser non loin de là. Rosalie finit par la suivre en courant, les sourcils froncés.

Mais qu'est-ce qui arrive à sa meilleure amie ? Visiblement, Lola n'est pas dans son assiette...

Chapitre 3

La rivale de Lola Star

Depuis l'atterrissage en parachute, Lola n'a pas desserré les dents. Elle est de très mauvaise humeur. Tellement que Rosalie a préféré regarder par la vitre de la limousine qui les a amenées jusqu'à leur hôtel. Puis elle a laissé son amie s'enfermer dans la salle de bain.

Sauf que… cela fait uuuuuultra longtemps que la vedette y est. A-t-elle été aspirée en tirant la chasse d'eau ? Pour en avoir le cœur net, Rosalie colle son oreille contre la porte menant aux toilettes et essaie de détecter le moindre bruit. Mais le seul son qu'elle entend, c'est un bruit de trompette !

Que se passe-t-il
dans la pièce d'à côté ?!
Se disant qu'elle n'a
rien à perdre, la jeune
fille fait le tour de
la chambre des yeux.
Quel objet pourrait-elle
prendre pour enfoncer
la porte ? L'endroit est si
grand que cela lui prend
au moins dix minutes
avant de tout voir.
C'est alors que
son regard s'éclaire.

Bien sûr… pas besoin de forcer la porte. Elle n'a qu'à communiquer avec Lola par message ! Ni une ni deux, Rosalie attrape son portable et tape rapidement sur les touches.

ROSALIE

Lol, pourquoi restes-tu enfermée dans les toilettes ? Et surtout, quel est ce bruit étrange que je viens d'entendre ? Es-tu en train de jouer de la trompette ?

LOLA

Pas du tout, je… Oh, Rosalie, promets-moi de ne pas me juger, d'accord ?

ROSALIE

Bien sûr ! Tu es ma meilleure amie. Je ne te jugerais jamais. Dis-moi ce qui ne va pas.

LOLA

Je…
je pleurais…

ROSALIE

Hein, mais pourquoi ? Qu'est-ce qui te fait autant de peine ? C'est à cause de notre atterrissage raté ? Désolée, je sais que j'aurais dû écouter tes consignes.

LOLA

Enfin… oui, c'est un peu à cause de notre atterrissage. Mais ça n'a rien à voir avec toi, par contre !

Je ne suis pas certaine de comprendre…

ROSALIE

LOLA

Attends, ce sera plus facile de tout t'expliquer en personne. Je vais ouvrir la porte, d'accord ?

OK. 

ROSALIE

Un petit clic annonce l'ouverture de la porte. Le visage de Lola apparaît alors dans l'embrasure*. Ses yeux sont encore remplis de larmes et son petit nez est tout rouge. Peinée pour elle, Rosalie s'apprête à la prendre dans ses bras quand son portable vibre dans sa main. Elle baisse le menton pour y lire le nouveau message.

LOLA

C'est cette Maggie Starlette qui m'a gâché ma journée ! Elle et ses remarques déplaisantes ! Elle se croit meilleure que tout le monde !

D'accord, mais…
pourquoi tu m'écris
tout ça au lieu de me
le dire ? Je croyais
que tu voulais tout
m'expliquer en
personne.

ROSALIE

LOLA

C'est ce que je fais !
Je t'explique tout en
étant devant toi.

Euh…

Et si on rangeait nos téléphones pour que ce soit plus simple ?

ROSALIE

LOLA

Mais comment je ferais pour te raconter mes problèmes ?

Ben…
en me parlant !

ROSALIE

LOLA

Oh, Rosalie !
Quelle bonne idée !
Tu es tellement
intelligente ! Bon,
je range mon
téléphone.

Parfait !
Moi aussi.

ROSALIE

LOLA

Range-le
en premier.

Non, toi !

ROSALIE

LOLA

Toi !

Franchement ! 

ROSALIE

LOLA

Ah, je sais !
On le range…
EN MÊME TEMPS !

D'accord, on compte jusqu'à trois et on le range. UN…

ROSALIE

LOLA

DEUX…

TROIS !

ROSALIE

Quelques secondes s'écoulent avant que Rosalie reçoive un dernier message :

LOLA

C'est bon ?
Tu l'as rangé ?

Lol ! Allez, viens t'asseoir sur ton lit, on va pouvoir discuter en face-à-face !

ROSALIE

Et cette fois, les filles rangent effectivement leurs téléphones. Au grand soulagement de Rosalie, qui commençait à trouver que ça devenait un peu ridicule... Puis, elles s'assoient en tailleur sur le matelas, l'une en face de l'autre. Lola attrape les mains de son amie avant de lui ouvrir son cœur.

— Je me sens tellement idiote, si tu savais !

— Tu ne devrais pas. Ça arrive à tout le monde d'avoir de la peine.

— Je n'ai pas juste de la peine… Je suis carrément furieuse après Maggie Starlette ! Elle essaie toujours de me prouver qu'elle est la meilleure, et cette fois, j'ai peur qu'elle réussisse.

— Qu'est-ce qui te fait croire ça ?

— D'abord, il faut que tu saches que Maggie Starlette est... ma cousine ! Et qu'elle aussi, elle est actrice depuis qu'elle est toute petite. Comme mes parents sont ses parrain et marraine, elle en profite toujours pour jouer dans les films où je ne joue pas. Sauf que cette fois… nous allons jouer DANS LE MÊME ! Elle fera l'autre personnage principal !

— Oh… je comprends. Pourquoi n'en parles-tu pas à tes parents ?, propose Rosalie.

— Ils ne m'écouteraient pas ! Ils croient que Maggie Starlette est suuuuper gentille et que je me plains pour rien. Ils ne voient pas à quel point elle peut être méchante quand elle le veut.

— Dans ce cas,
tu n'as pas le choix…, constate Rosalie.

— Qu'est-ce que tu veux dire ?

— Ou tu la laisses parler sans t'en préoccuper*, ou…

— Ou quoi ?, répète Lola en retenant son souffle.

— Ou tu lui prouves qu'elle a tort ! En étant LA meilleure actrice de tous les temps. Je suis certaine que tu vas y arriver. Surtout que je suis là pour t'aider !

Lola pousse un long soupir, mais finit par se résigner. Puis une alarme sur son portable la fait sursauter. Elle se relève, lance sa valise sur le lit, juste à côté de Rosalie, et commence à jeter à droite et à gauche presque tout son contenu.

— Tu cherches quoi ?, ose demander Rosalie, en reculant pour ne pas recevoir un pull sur la tête.

— Je dois porter LA plus belle tenue ! Et toi aussi ! Tiens, prends celle-là !, lui ordonne Lola en lui montrant une longue robe verte scintillante.

Puis la jeune vedette replonge dans le tas de vêtements. Elle finit enfin par se choisir un superbe ensemble en satin* mauve. Juste avant de l'enfiler, elle explique à Rosalie qu'elles doivent se dépêcher, car elles sont attendues...

— Attendues ?
Pour aller où ?
Le tournage ne débute
que demain, non ?

— Oui, mais
dans dix minutes,
on doit rencontrer
les journalistes pour
leur parler du film
à venir. C'est une
conférence de presse*.
Mais ne t'en fais pas,

il n'y aura qu'une
cinquantaine de
journalistes. Rien
de bien énorme...

— CINQUANTE
JOURNALISTES !!!
En tout cas, pour MOI,
c'est énorme ! C'est
même COLOSSAL !
Et qu'est-ce que
je vais leur dire,
de toute manière ?

— Ne t'en fais pas avec ça. Ils voudront juste savoir quel rôle tu auras et tu pourras mentionner que c'est toi qui feras les cascades. Ça va les impressionner, j'en suis sûre. Allez, tu es prête ?

Rosalie, qui vient à peine de remonter la fermeture éclair de sa robe, secoue mollement la tête. Les événements se bousculent et elle n'est pas habituée du tout à cela ! Mais elle finit par suivre Lola dans les couloirs de l'immense hôtel où elles ont élu domicile pour la durée du tournage.

Puisqu'elles logent au cent quatre-vingt-dix-neuvième étage (le dernier de l'hôtel), les deux amies doivent prendre l'ascenseur. Elles s'y engouffrent et juste au moment où la porte coulissante se referme, une main vient l'en empêcher. La porte se rouvre, dévoilant une jeune fille étincelante dans sa robe bleu nuit.

Il s’agit bien évidemment de Maggie Starlette, qui se rend aussi à la conférence de presse…

Elle dévisage Lola et Rosalie d’un air hautain, puis leur lance :

— Dites…
ça ne vous dérangerait pas de me laisser prendre l'ascenseur en premier ? C'est que je suis attendue… Vous pourrez prendre le prochain.

Lola serre les poings et se crispe, avant de répondre :

— Pas question !
À toi d'attendre !
Nous, on reste là.

La bagarre est sur
le point d'éclater,
quand Rosalie suggère
doucement :

— Et si on le prenait
toutes ensemble ?
Après tout, nous allons
au même endroit, non ?

Lola Star et Maggie Starlette lui lancent un regard choqué. Puis, à la surprise des deux autres, la nouvelle venue finit par abdiquer* et entrer dans l'ascenseur, elle aussi. Lorsque la porte coulissante se referme pour de bon, un silence rempli de malaise envahit les lieux…

Chapitre 4

Face à face avec les journalistes

La musique d’ascenseur résonne dans la petite cabine et Rosalie ne peut s’empêcher de fredonner* la mélodie. Mais elle se fait aussitôt fusiller du regard par Maggie Starlette, qui se retourne d’un coup sec vers elle. Mal à l’aise, Rosalie se tait aussitôt et baisse la tête.

« Que cette fille est désagréable », songe-t-elle, sans toutefois faire de commentaire.

Elle n'en a pas besoin, car Lola n'a pas l'intention de laisser sa meilleure amie se faire intimider de la sorte. Elle se plante donc devant sa cousine, les poings sur les hanches, avant de lancer :

— C'est quoi ton problème, aujourd'hui ? Rosalie chante si elle le veut, compris ?

— Si au moins elle avait une belle voix, je n'aurais aucune objection, mais c'est loin d'être le cas !, réplique* Maggie Starlette en se rapprochant de Lola.

— ELLE CHANTE SUPER BIEN !!!, enchaîne cette dernière en hurlant à moitié, tout en faisant un autre pas vers sa rivale.

— NON ! ELLE NE FAIT QUE PIAILLER !!!, lui crie aux oreilles Maggie Starlette, en avançant elle aussi.

Les deux cousines sont désormais si proches que leurs nez finissent par se toucher. Et Rosalie, qui se sent responsable de leur nouvelle dispute, essaie tant bien que mal de tempérer* la situation :

— Ce n'est pas grave, Lol, je n'ai pas tellement envie de chanter, de toute manière...

— Oh que si, tu vas chanter ! Ce n'est pas une vedette à deux sous qui va t'en empêcher !

— Et toi, tu t'es vue ?! Ton ensemble doit à peine valoir quelques milliers de dollars ! Tu t'habilles dans les friperies pour les pauvres ou quoi ?!, réplique Maggie Starlette.

Cette dernière remarque est suffisante pour mettre le feu aux poudres. Les deux stars se sautent carrément dessus, tirant leurs cheveux dans tous les sens et essayant de déchirer la tenue de l'autre. Rosalie, stupéfaite, hésite une seconde, puis saute dans la mêlée* pour tenter de séparer les deux filles.

Mais tout ce qu'elle récolte, c'est quelques claques qui ne lui étaient même pas destinées.

Heureusement, l'ascenseur, qui était en train de descendre, s'arrête enfin. Rosalie est déstabilisée et tombe sur le derrière, tandis que les deux combattantes trébuchent chacune dans leur coin. Elles se redressent en vitesse et s'installent devant les portes qui s'ouvrent. Puis elles se bagarrent de nouveau pour savoir qui descendra la première de la cabine !

Dans leur dos, Rosalie se remet sur pied, découragée. Un peu vexée d'avoir reçu des coups, elle décide de pousser les deux filles pour qu'elles sortent en même temps. Lola Star et Maggie Starlette émergent enfin de là, les cheveux en bataille et les vêtements dans un triste état. Mais elles ne s'en préoccupent pas du tout et avancent d'un pas décidé en direction de la salle où aura lieu la conférence de presse.

Les voilà qui s'installent derrière la longue table, le menton haut, la bouche pincée, à la plus grande surprise des journalistes qui les voient arriver… Le silence se fait dans la salle durant une dizaine de secondes, avant qu'une main se lève et qu'on donne le droit de parole au journaliste :

— Mesdames, est-ce que… est-ce que tout va bien ? On croirait que vous vous êtes battues juste avant de venir ici.

— Absolument pas !, s'écrie Maggie Starlette avec un large sourire hypocrite. Ma cousine et moi sommes en excellents termes ! Je pourrais même dire que nous nous adorons !

— Vraiment ?, reprend le journaliste. Dans ce cas, comment se fait-il que dans la dernière entrevue que vous avez accordée, vous disiez que Lola Star n'avait pas le talent pour endosser* le rôle principal d'un film… ?

— J'ai dit ça, moi ? Impossible ! J'ai dû être mal citée !

Franchement !, bredouille Maggie Starlette en jetant des regards nerveux en direction de sa rivale.

Celle-ci se contente toutefois de sourire poliment, avant de faire signe aux journalistes qu'elle peut répondre à une nouvelle question. Une dame lève aussitôt la main pour demander :

— Lola Star, comment vivez-vous le fait de devoir partager la vedette avec votre cousine ? Vous n'avez jamais travaillé avec elle, n'est-ce pas ?

— Eh bien… puisque le tournage n'a pas encore débuté, je ne sais pas comment cela va se dérouler. Mais sachez que j'ai TRÈS HÂTE d'être à demain. Surtout que j'ai engagé une cascadeuse qui me suivra désormais dans toutes mes prochaines productions. Je vous présente Rosalie Sans-le-sou !, termine-t-elle en applaudissant son amie.

Quelques personnes l'imitent timidement, puis les questions reprennent. Un journaliste s'adresse même directement à Rosalie.

— Mademoiselle Sans-le-sou, quelle est votre formation en tant que cascadeuse ?

— Euh... pour être franche..., commence Rosalie, avant d'être coupée par Lola.

— Elle a eu le meilleur professeur : moi !

— Oui, en effet, vous avez toujours réalisé vos propres cascades auparavant. Mais j'imagine que c'est la scène où vous devrez sauter du haut d'une falaise sans parachute qui vous a décidé à engager mademoiselle Sans-le-sou.
Je me trompe ?

Le corps raide et
le cœur battant, Rosalie
se dépêche de répéter,
pour être certaine
d'avoir bien entendu :

— La scène du haut
de la falaise ?

— Mais non, vous n'y
êtes pas du tout, réfute*
Lola, en secouant
frénétiquement la tête.

C'est une scène de rien du tout. Rosalie n'a absolument pas à avoir peur ! Bon, prochaine question !

Enfin, les journalistes se concentrent sur le scénario et non sur les cascades de Rosalie, ce qui permet à cette dernière de souffler un peu. Lorsque la conférence

se termine, Lola lui fait signe de la suivre en coulisse afin de ne pas affronter la foule qui ne la lâche pas d'une semelle dès qu'elle arrive à Hollywood. Maggie Starlette, pour sa part, a décidé d'aller voir ses admirateurs pour se faire prendre en photo de mille et une façons.

Ce n'est qu'à ce moment que Rosalie peut enfin questionner son amie :

— Lol, c'était quoi, cette histoire de falaise ? Et pourquoi je ne pourrai pas utiliser de parachute ? Quoique, de toute manière, tu le sais autant que moi, je ne SAIS PAS comment en ouvrir un, moi ! JE NE POURRAI PAS FAIRE CETTE CASCADE !!!

— Du calme, Rosalie ! Ne t'inquiète pas pour ça.

— Facile à dire ! Toi, tu n'auras pas à SAUTER D'UNE FALAISE !!!

— Mais toi non plus ! La majorité des cascades se font par ordinateur. Il n’y a rien de réel. Donc, pas de panique. OK ?

— C’est vrai ? Pas de falaise ?, lui fait promettre Rosalie d’une toute petite voix.

— Je te le jure, aucune falaise ! lui garantit la jeune vedette, en croisant les doigts dans son dos.

Puis les filles remontent à leur chambre. Et pendant que Rosalie se remet de ses émotions, Lola se demande comment elle a pu mentir de la sorte à sa meilleure amie…

Chapitre 5

Premier jour de tournage

Dès que le réveille-matin se met à rugir, le lendemain, Rosalie est la première à sauter de l'immense lit dans lequel elle a fait de très beaux rêves. Il n'est que six heures du matin et pourtant, la future cascadeuse se sent d'attaque ! Elle a été rassurée la veille par les propos de Lola, et c'est le cœur joyeux qu'elle enfile des vêtements confortables en vue des cascades qu'elle devra effectuer.

De son côté, la jeune vedette reste étendue sur son matelas, les jambes croisées. Elle n'a quasiment pas fermé l'œil de la nuit... Il faut dire que son mensonge la ronge. JAMAIS elle n'avait osé mentir à quiconque. Encore moins à sa meilleure

amie ! Le pire, c'est que, dès cette première journée de tournage, il est prévu que l'équipe se rende tout près de la falaise la plus haute qui existe sur la planète…

Et comme le journaliste l'a mentionné durant la conférence de presse, Rosalie devra y plonger sans le moindre parachute ! Un cascadeur expérimenté serait normalement capable de s'accrocher à la paroi pour éviter de se casser quoi que ce soit. Sauf que Rosalie a déjà du mal à escalader une clôture haute d'un mètre... Comment parviendra-t-elle à s'exécuter de si haut ?

Lola en a des sueurs froides...

Sans compter que, même si tout se déroule à la perfection, Rosalie lui en voudra sûrement pour le restant de ses jours ! Celle-ci est d'ailleurs déjà prête et retire d'un coup sec les couvertures de Lola pour la faire rire. Mais cela ne fonctionne pas du tout. Voyant que quelque chose ne va pas, Rosalie s'assoit au bout du lit et demande à Lola :

— Je peux savoir ce qui se passe ? C'est l'idée de commencer le tournage et d'être constamment avec Maggie Starlette qui te met dans cet état ?

— Peut-être un peu…, murmure Lola, sans bouger.

— Allez, arrête de t'en faire ! Ça va aller comme sur des roulettes ! Tu te souviens de ce que tu m'as dit hier soir ?

— Oui, justement…

— Bon, alors suis tes propres conseils : pas de panique !

Le téléphone de la jeune vedette se met alors à vibrer et Rosalie abandonne son amie pour aller faire un tour aux toilettes. Lola se résout* enfin à se lever. Elle attrape le téléphone et fait aussitôt la grimace en lisant le message qu'elle vient de recevoir.

J'espère que ta cascadeuse est prête pour la falaise du Diable ! À ma connaissance, peu de gens en sont revenus indemnes… On se voit sur le plateau, chère cousine !

Rosalie sera excellente ! C'est plutôt toi qui risques de mal jouer !

LOLA

MAGGIE
STARLETTE

Bof… On verra bien. Au fait, j’espère que tu es bientôt prête, parce que le bus part dans cinq minutes. Arrête de te pomponner, tu ne seras jamais aussi jolie que moi !

Lola lance son téléphone sur le matelas en grognant. Puis elle accélère la cadence. En moins de deux, elle est déjà peignée, chaussée et habillée. Dès que Rosalie sort de la salle de bain collée à la chambre, elle découvre la jeune vedette prête à aller travailler. Les deux filles filent vers l'ascenseur et soupirent de soulagement en remarquant qu'elles n'auront pas à le partager avec Maggie Starlette.

À leur sortie de l'hôtel, un camion blanc les attend pour les mener sur les lieux du tournage. Le cœur de Lola se remet à battre de manière frénétique, mais elle se contente d'avaler sa salive et de cacher ses mains tremblantes dans son dos. Il lui reste très peu de temps pour trouver une solution. La falaise ne se trouve qu'à une heure de route.

Et dès qu'ils y seront, Rosalie comprendra ce qui l'attend…

À moins qu'elle le découvre avant ! Face à elle, Maggie Starlette est assise

calmement et la fixe sans cligner des yeux. Mal à l'aise, Rosalie finit par tourner la tête vers la fenêtre. C'est ce moment que choisit la cousine de Lola pour s'exclamer :

— Oh là là… Ce ne sera pas une journée facile pour toi, Rosie… Rosanne… Rosita… ? C'est quoi ton nom, déjà ?

— Elle s'appelle Rosalie, marmonne Lola, les dents serrées.

— Oui, c'est ça ! Désolée de te dire une chose pareille, mais

si tu veux percer, à Hollywood, il faudrait que tu penses à changer de nom. Rosalie… c'est tellement commun !

— J'aime beaucoup mon prénom et je ne compte pas en prendre un autre.

Je ne vois pas pourquoi on devrait s'en choisir un spécial pour devenir une vedette !

— Tu ne vois pas ? Pourtant, Lol et moi, nous n'utilisons pas nos vrais prénoms.

Aussitôt, Rosalie se tourne vers son amie, abasourdie*, pour lui demander :

— Tu ne t'appelles pas Lola Star ?! Mais comment tu t'appelles, alors ? Et durant tout ce temps, tu m'as dit que...

— Attends ! Ça fait des années que je n'utilise plus mon

ancien nom, la coupe Lola. Je n'ai juste pas pensé à te le dire.

— Mais quel est ton véritable nom, dans ce cas ?

Un petit silence accueille la question de Rosalie. La jeune vedette se mord les lèvres, indécise. Elle n'a jamais dit son vrai nom à qui que ce soit. Seuls ses parents le connaissent. Ah non, c'est vrai, sa cousine aussi le sait… Et cette dernière se fait évidemment un plaisir de le lancer à la figure de Rosalie.

— Elle s'appelle Laurie.
Laurie Tremblay !

— Hé, de quoi je me mêle !, rouspète Lola.

Avant que la dispute reprenne de plus belle, Rosalie murmure :

— Moi, je trouve ça très joli, Laurie.
Et je suis certaine que si tu avais gardé ce

prénom, tout le monde aurait trouvé que tu es une actrice incroyable.

Maggie Starlette se renfrogne et croise les bras, contrariée. Elle aurait bien aimé que les deux filles soient en froid, elles aussi. En les observant attentivement, la cousine de Lola ne peut s'empêcher d'éprouver un sentiment très désagréable au fond de son cœur. Serait-ce de la jalousie ? Non… Pourquoi serait-elle jalouse, de toute manière ?! Rosalie n'est qu'une petite cascadeuse de rien du tout ! Elle vient d'une minuscule ville et sa maison doit être grosse comme une niche pour chien !

En plus, même si elle passe son temps à être

gentille avec Lola, elle ne doit pas être une très bonne amie. Parce qu'une amie, ça sert à quoi, au juste ? À aller faire les magasins, à se pavaner* en public et à donner l'impression qu'on est heureux. Non ? Alors que Lola et Rosalie, elles ne font que s'amuser ensemble, rire, se raconter des détails sans importance de leur vie, se confier des secrets et être gentilles l'une envers l'autre.

RI-DI-CU-LE !

Maggie Starlette se dit qu'elle n'a pas besoin d'avoir des amies, elle ! Elle vit très bien avec son succès et ne désire pas le partager avec qui que ce soit. La seule chose qui pourrait la rendre plus heureuse serait d'être encore plus connue et appréciée du public que Lola Star.

Et le film dans lequel elle s'apprête à jouer lui permettra sûrement de réaliser ce rêve…

Chapitre 6

À TOP, il faut sauter !

Le camion s’arrête à moins de deux mètres d’une large crevasse. Sans se douter du danger, Rosalie sort du véhicule, impatiente de tourner la scène. Elle s’avance, le visage relevé vers le ciel pour admirer la vue. Là où ils se trouvent, les rochers et les montagnes sont superbes.

La jeune fille fait un autre pas en prenant le temps d'inspirer abondamment. Elle ferme aussi les yeux, pour apprécier encore davantage le moment. Et elle effectue de nouveau quelques pas. Ce qui mène notre jeune héroïne touuuut près de la falaise…

La voilà qui lève le pied de nouveau. La jambe dans le vide, elle se penche en avant et…

— ROSALIE !!!, s'égosille Lola, qui vient d'apercevoir son amie sur le point de tomber dans le précipice*.

Cette dernière ouvre alors les yeux d'un coup et manque de s'étouffer. Elle balance les bras dans tous les sens pour tenter de retrouver son équilibre, mais c'est peine perdue. Elle s'apprête à basculer quand… une main la rattrape à la dernière seconde !

Il s'agit de Maggie Starlette, qui tient Rosalie par le bout de son haut, comme si elle avait peur de se faire salir par celui-ci.

— Dis donc, toi ! On peut dire que les cascades, ça ne te fait pas peur. Mais qu'est-ce que tu dirais d'attendre que la caméra tourne

avant de te lancer
dans le vide ?!

Puis, elle tire Rosalie vers l'arrière pour s'assurer qu'elle ne glisse pas sur le rebord des roches. De son côté, la future cascadeuse vient d'avoir la frousse de sa vie. Son teint blême* témoigne de la peur qu'elle ressent encore. Du moins, jusqu'à ce que la colère prenne le dessus ! Car elle vient aussi de comprendre que la falaise n'allait pas du tout être reproduite par ordinateur... Celle-ci est bien réelle ! Et Rosalie devra y plonger tout à fait volontairement lorsque le caméraman le lui indiquera !

La jeune fille reprend ses esprits et fonce sur Lola pour lui dire qu'il n'en est pas question. Au même moment, Réal Glorieux, le très célèbre réalisateur du film, fait signe à la vedette de venir s'installer pour le début du tournage. L'homme n'a pas une minute à perdre et il hurle à Lola de se dépêcher. Rosalie n'a pas le temps de lui dire un mot que la jeune vedette est déjà face à la caméra et débite son texte. Les oreilles rouges et les poings serrés, Rosalie ravale sa colère. Pour l'instant…

C'est la première fois qu'elle assiste au tournage d'un film et elle doit avouer que c'est plutôt impressionnant. Ça bouge dans tous les coins, ça hurle, ça se dicte des ordres. Mais dès que le réalisateur crie ACTION, il n'y a plus un seul bruit sur le plateau. Seuls les acteurs ont droit de parole.

Par contre, lorsque le clap indiquant la fin de la scène se fait entendre, la cacophonie* reprend de plus belle. Et chacun y va de son commentaire.

C'est étourdissant ! Pourtant, Lola semble dans son élément. C'est vraiment une excellente actrice et Rosalie se rend compte que ce n'est pas pour rien que la jeune vedette est si populaire ! Elle est tout simplement GÉNIALE ! Même quand elle doit verser une larme sur commande, Lola y parvient haut la main.

C’est comme si elle était née pour faire ce travail.

Alors que dans le cas de Rosalie, être cascadeuse est loin d’être un métier taillé sur mesure pour elle…

Ce qu'elle n'a toutefois pas le temps d'expliquer à Réal Glorieux, lorsque ce dernier vient la rejoindre pour lui donner ses indications. Il ne sourit pas du tout en l'observant et donne quelques indications à la coiffeuse, à la maquilleuse et à l'habilleuse. Aussitôt, ces dernières tournent autour de Rosalie pour arranger son look.

— Donc, c'est toi notre cascadeuse, c'est ça ? OK, parfait. Tu vas t'installer ici. Dès que je te fais signe, tu t'élances. Ce n'est pas plus compliqué que ça. La caméra va te suivre dans le vide durant quelques secondes, puis nous allons nous éloigner. C'est bon ? Oui, c'est bon. Ça te laissera le temps de t'agripper au rebord de la falaise afin de remonter. Si tu as du mal à te hisser jusqu'en haut, on t'enverra une corde. D'accord ? Ouais, tu es d'accord. On va refaire la prise au moins cinq fois. C'est un minimum pour avoir tous nos angles de vue. Tu as compris ? Oui, tu as compris. OK, alors, à “TOP”, tu sautes !, termine le réalisateur, sans même reprendre son souffle.

Étourdie autant par les professionnelles qui lui tirent les cheveux et qui lui donnent un dernier coup de pinceau sur les joues que par l'homme qui s'éloigne et rugit à son équipe de se tenir prête, Rosalie n'a pas le temps d'ouvrir la bouche. Elle entend déjà le signal de départ.

— TROIS, DEUX,
UN... TOP !
SAUTE !

Mais Rosalie reste figée sur place. Elle n'ose même pas faire un pas en direction de la crevasse. Ses jambes semblent peser des tonnes et elle n'a pas l'énergie pour les faire avancer. Ses oreilles bourdonnent tellement qu'elle entend à peine les cris de Réal Glorieux, qui s'égosille de frustration.

— Qui m'a envoyé une empotée de la sorte ?! Pourquoi elle ne bouge pas ? Allez, il faut sauter ! Mais qu'est-ce qu'elle fabrique ?!

— Une minute, je vais lui parler !, s'exclame Lola, en s'interposant

entre le réalisateur
et son amie.

Elle pose alors les mains sur les épaules de Rosalie et plonge son regard dans le sien, avant de murmurer :

— Eh, ça va ? Tu... tu es toujours là ?

Ce à quoi Rosalie répond en retrouvant ses esprits et en repoussant les bras de l'actrice, les joues rouges et les sourcils froncés :

— Bien sûr que je suis là ! Mais dans quelques secondes, si je vous écoute, je vais me retrouver dans le vide, pour finalement m'écraser dans le fond du ravin ! TU M'AVAIS

DIT QU'IL N'Y AURAIT PAS DE FALAISE !!!

— Mais, euh… c'est que tu étais tellement en état de panique, hier soir, que je voulais juste

te rassurer. Écoute, si tu ne veux pas le faire, je...

À ce moment précis, Réal Glorieux est en train de s'arracher tous les cheveux qu'il a sur la tête. L'équipe

entière ne sait plus sur quel pied danser, et Maggie Starlette ne peut s'empêcher de lancer :

— Moi, si ma meilleure amie m'avait menti de la sorte, c'est clair que je ne lui parlerais plus jamais. Et que je m'en irais d'ici en vitesse...

C'est suffisant pour que Rosalie relève la tête. Non. Il n'est pas question qu'elle rebrousse chemin*. Elle a fait une promesse à Lola et elle va la tenir. Elle va lui prouver, et à tout le monde ici, qu'elle peut très bien être une cascadeuse ! Et si pour cela elle doit sauter, alors elle sautera !

Rosalie prend donc une bonne inspiration et interpelle le réalisateur pour lui dire d'être prêt parce qu'au TOP, elle va sauter. Les caméramans se réinstallent. Le silence revient sur le plateau. Lola recule pour ne pas être sur le chemin et Maggie Starlette ronge son frein*, encore une fois mécontente

de la tournure
des événements.

Cette fois, c'est Rosalie
qui fait le décompte :

— TROIS, DEUX,
UN... TOP !

Et qui s'élance vers
la falaise...

Chapitre 7

Descente vertigineuse et sauvetage miraculeux

Rosalie fait trois pas et une fois sur le rebord de la falaise, elle se rappelle les indications de Lola lorsqu'elle devait exécuter un plongeon parfait.

« Lève les bras en l'air, joins tes mains et prends un peu d'élan. »

La jeune fille parvient à reproduire le tout avec brio. Si Lola devait lui donner une note, elle lui décernerait sans conteste un 10 ! Mais ce n'est pas le moment d'être notée. C'est plutôt celui d'essayer de s'en sortir en un seul morceau…

Son corps descend à toute vitesse dans la crevasse. La caméra la suit durant quelques secondes avant que ne résonne le mot « COUPEZ » du haut de la falaise. C'est le moment d'essayer de s'agripper à la paroi rocheuse.

Bon… et comment fait-on, déjà ?, se demande Rosalie en ramenant les bras vers elle et en jetant un coup d'œil à ce qui l'entoure. Il n'y a aucun endroit où elle pourrait s'accrocher pour stopper sa chute. Les roches sont toutes si lisses ! Et il n'y a aucun trou dans lequel poser ses pieds.

Hum… la situation lui
paraît assez critique.
Il serait peut-être temps
de se mettre à hurler ?
Mais avant que Rosalie
ouvre la bouche,
elle voit apparaître,
juste à ses côtés,
la silhouette de :
LOLA STAR !

Cette dernière saisit la taille de son amie et, à quelques mètres seulement du sol, elle tend la main pour attraper un petit sac de toile dissimulé entre deux roches. Il s'agit d'un parachute, posé là au cas où le cascadeur ne serait pas capable de se retenir à la paroi rocheuse. Rapidement, la jeune vedette enclenche* le mécanisme. Une secousse fait remonter les deux filles dans les airs, pour le plus grand bonheur de Rosalie.

Elle se dépêche d'ailleurs de remercier son ange gardien :

— Merci d'être venue ! Sans toi, je pense que je n'y serais jamais parvenue !

— Ne dis pas ça. Tu t'en sortais super bien !

— Mais comment tu as su qu'il y avait un parachute juste là ?

— Tu n'en reviendras pas, mais… c'est Maggie Starlette qui me l'a dit. La dernière fois qu'elle a tourné un film près d'ici, le cascadeur l'avait utilisé. Et elle s'en est souvenue.

— C'est drôle, moi qui pensais qu'elle me détestait…

— Ce n'est pas toi qu'elle déteste. C'est moi, la corrige Lola en secouant la tête.

Rosalie est à deux doigts de lui dire qu'elle a des doutes là-dessus, quand une vibration se fait sentir dans la poche du pantalon de la jeune vedette. Celle-ci en sort son téléphone pour voir qui lui a écrit.

RÉAL GLORIEUX

Non, mais, c'est quoi cette histoire ?! Il fallait laisser la cascadeuse se débrouiller toute seule.

LOLA

Elle allait s'écraser contre les rochers !

RÉAL GLORIEUX

Mais non ! C'est une spécialiste, oui ou non ?!

C’est-à-dire que… 

LOLA

RÉAL GLORIEUX

Peu importe. Le temps presse. Remontez tout de suite et revenez faire la scène ! On a encore quatre autres prises à faire !

Lola ne prend pas
la peine de répondre
et range son téléphone.
Lorsque le sol approche,
elle n'a pas besoin de
demander à Rosalie
de la laisser poser les
pieds dessus en premier.
Celle-ci a déjà eu sa
leçon à ce sujet.

Une fois bien en
sécurité sur la
terre ferme,

la cascadeuse ne peut toutefois pas s'empêcher de questionner la jeune vedette :

— Euh... désolée, mais... Comment on va faire pour retourner tout là-haut ? Tu n'as pas un ascenseur caché entre les rochers, que je sache, hein ?

— Non, en effet. Mais je crois avoir une idée, commence Lola, en reprenant son téléphone.

Maggie ? Dis, tu me rendrais un petit service ?

LOLA

MAGGIE STARLETTE

Ça dépend lequel…

Ton drone,
il est toujours
opérationnel ?

LOLA

MAGGIE
STARLETTE

Ah, je vois où tu
veux en venir.
Minute, je vous
l'envoie tout
de suite.

Génial,
on l'attend !

LOLA

MAGGIE STARLETTE

D'accord, sauf que tu sais qu'un service en attire un autre, hein ?

LOLA

Mouais… tu veux quoi, en échange ?

MAGGIE STARLETTE

Je te le dirai en temps et en heure. Lève la tête, mon drone s'approche de vous deux.

Comme prévu, un minuscule hélicoptère gros comme un chat vole juste au-dessus de la tête de Rosalie et Lola. Cette dernière tend les bras et attrape l'appareil. Rosalie se tient solidement au cou de son amie et les deux filles s'élèvent maintenant dans le ciel. En quelques minutes à peine, elles remontent la falaise sans la moindre égratignure !

Toute l'équipe les applaudit. Sauf Réal Glorieux, qui trouve que tout cela est une perte de temps. Il hurle des ordres à chacun et repousse

Lola dans un coin où elle ne pourra plus intervenir. Encore une fois, Rosalie va devoir sauter dans le vide. Mais cette fois, plus le moindre parachute pour amortir sa descente…

Heureusement, la jeune fille a plus d'un tour dans son sac. Avant que le réalisateur commence le décompte, elle cherche le drone des yeux. Mais il est trop tard pour réfléchir davantage. Rosalie doit de nouveau sauter ! Et c'est ce qu'elle fait, toujours en simulant un plongeon. Cette fois, par contre, dès qu'elle arrive au centre de la crevasse, elle repère le drone, qui la suivait de près, s'étire et s'agrippe à lui.

En moins de deux, l'hélicoptère la fait remonter et atterrir près de l'équipe de tournage, qui est impressionnée par l'agilité de la jeune fille. Lola lui crie des encouragements,

car la scène n'est pas
encore terminée.

À chacune des prises suivantes, Rosalie sent la peur la quitter progressivement. Sans compter qu'elle connaît un peu mieux la falaise, ainsi que tous les endroits où il y a des trous dans les rochers. Trous qu'elle n'avait auparavant pas pris le temps de remarquer.

Lors de ses trois derniers sauts, elle réussit à s'y agripper et à grimper sans l'aide de quiconque*. Au bout d'une heure, le réalisateur, satisfait des angles de vue qu'il a pu filmer, indique à son équipe qu'il est temps de remballer le matériel et de retourner à l'hôtel.

Épuisée, Rosalie s'écroule dans le camion aux côtés de Lola. Cette dernière ne peut s'empêcher de la féliciter encore et encore.

— Tu as été FAN-TAS-TI-QUE ! Il n'y a pas d'autres mots !

— Bah, il ne faut pas exagérer non plus, marmonne Maggie Starlette, les bras croisés. C'est quand même son travail.

— Ne l'écoute pas ! Elle est jalouse de ton talent, réplique Lola en pointant sa cousine du menton.

— C'est faux ! Je ne suis pas jalouse !

— JALOUSE ! JALOUSE !, scande* Lola, ce qui fait enrager Maggie Starlette.

Pour se venger, celle-ci s'écrie d'ailleurs :

— Eh, mais j'y pense. Tu me dois un service, tu te rappelles ?

— Oui... Mais ça dépend de ce que tu vas me demander.

— Aurais-tu peur, Lola Star ?

— Absolument pas !

— PEUREUSE ! PEUREUSE !, répète cette fois Maggie Starlette avec un sourire mauvais.

— Vous n'avez pas bientôt fini toutes les deux !, lâche Rosalie en soupirant. On dirait deux enfants !

Un silence suit la déclaration de la jeune fille.

Maggie Starlette finit par le rompre, car elle vient d'avoir une idée. Fière d'elle, elle déclare :

— Je sais quel service tu vas me rendre, Lola !

— Bon, bon, bon. Je t'écoute…, ronchonne celle-ci.

— Tu vas me prêter ta meilleure amie. Durant UNE JOURNÉE ENTIÈRE !

— Quoi ?!
Pas question, c'est MA meilleure amie ! Pas la tienne !

— Désolée pour toi, mais dès demain, et ce, durant vingt-quatre heures, Rosalie sera à MOI !

Le camion, qui se gare devant l'hôtel, signe la fin de la dispute entre

les deux cousines.
Maggie Starlette est
la première à en sortir.
Avant de s'éloigner,
elle se tourne vers
Rosalie et déclare :

— Demain matin, dès six heures, tiens-toi prête. Je passerai te chercher.

Et là-dessus, elle abandonne les deux filles, interloquées*.

Chapitre 8

Comment descendre d'un hôtel sans emprunter l'ascenseur ?

Cette fois, c'est pour Rosalie que la nuit a été longue. Elle s'est tournée, retournée, puis re-retournée dans son gigantesque lit durant des heures ! Rien à faire, le sommeil ne voulait pas venir. Elle aurait bien voulu discuter avec Lola et lui confier ses craintes à l'idée de devoir passer une journée entière avec sa pire ennemie, mais… Lola ne semblait pas d'humeur à parler. Elle n'a fait qu'attraper sa brosse à dents pour se les nettoyer frénétiquement*, bien assise sur son lit.

Depuis leur arrivée à Hollywood, la jeune vedette est différente, songe Rosalie. Elle a tendance à se refermer sur elle-même. Elle ne rit plus autant. Elle est souvent sur ses gardes et ne semble plus être capable de simplement s'amuser. C'est à croire que la célébrité n'a pas que de bons côtés !

En soupirant, Rosalie repousse ses couvertures. Elle jette un œil à sa voisine encore endormie, mais qui lui tourne le dos. Pas la peine de la réveiller pour lui mentionner que le moment est venu d'aller rejoindre Maggie Starlette. Dans le noir de la chambre, Rosalie réussit à trouver un pull et un pantalon,

avant de se faufiler
à l'extérieur.

Elle se place ensuite devant l'ascenseur pour attendre celle à qui elle servira de meilleure amie durant vingt-quatre heures…

Ce que Rosalie ignore, c’est que Lola ne dort absolument pas ! Elle aussi a passé une nuit horrible. Mais dans son cas, cela lui a permis d’élaborer un plan. Et celui-ci débute par le fait de se lever en vitesse, d’enfiler un legging et un sweat à capuche (noirs tous les deux), avant de suivre son amie à l’extérieur de la pièce.

Pas question que Lola laisse cette dernière accompagner sa cousine sans réagir. Elle veut s'assurer que Rosalie sera en sécurité. Et peut-être aussi qu'elle ne s'amusera pas autant avec Maggie Starlette qu'avec elle...

Lola se poste tout au bout du couloir pour observer la rencontre entre les deux jeunes filles. Mais elle n’a pas le temps d’assister à celle-ci, puisque, dès que Maggie Starlette se pointe près de l’ascenseur, les deux amies d’un jour s’y engouffrent et disparaissent de sa vue. Zut !

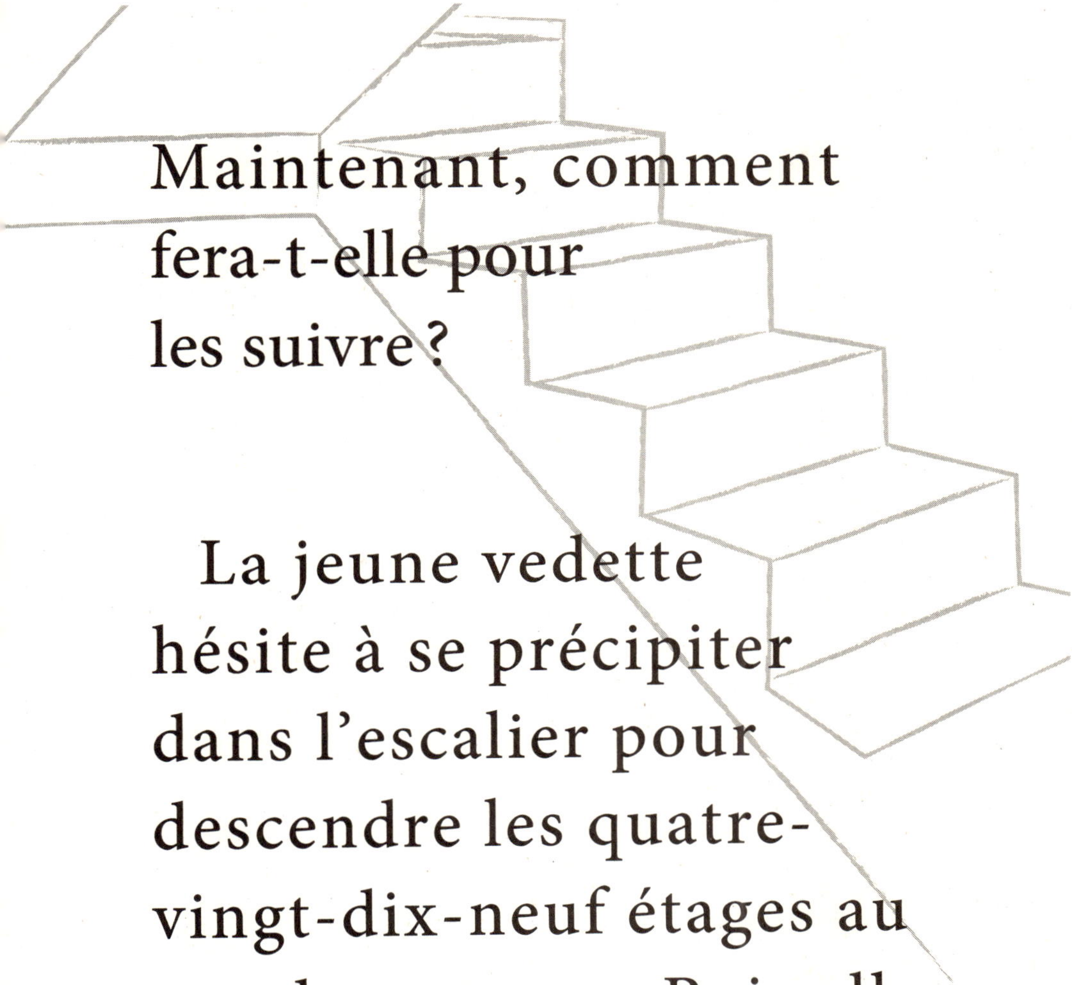

Maintenant, comment
fera-t-elle pour
les suivre ?

La jeune vedette hésite à se précipiter dans l'escalier pour descendre les quatre-vingt-dix-neuf étages au pas de course... Puis elle se dit qu'elle n'arrivera jamais en bas à temps. Non, le mieux, ce serait de passer par la fenêtre.

Mais avec quoi pourra-t-elle effectuer un vol plané ? Elle n'a pas songé à emporter son parachute avec elle. Il est resté dans le camion blanc.

En vitesse, la star retourne dans sa chambre et en fait rapidement le tour. C’est qu’elle vient d’avoir une idée ! Elle cherche alors sous le lit, dans la penderie et même dans le bain, quand elle met enfin la main sur ce dont elle aura besoin. L’objet attendait sagement qu’elle le saisisse, appuyé contre le cadre

de la porte :
son parapluie
géant !

Sans plus attendre, Lola sprinte jusqu'à la fenêtre la plus proche et tente de l'ouvrir, mais la chose est loin d'être évidente. On croirait que la vitre a été collée ! Grrr ! La jeune vedette n'a pas dit son dernier mot et, d'un coup de parapluie bien placé, parvient à débloquer la fenêtre pour enfin la faire coulisser vers la droite.

Elle se penche ensuite légèrement au-dessus du vide...

Ouh là là…

La vue est peut-être magnifique, mais ce n'en est pas moins haut ! Et même si Lola n'a jamais eu le vertige, elle est impressionnée ! Mais elle n'a pas une seconde à perdre. Tout en bas, elle vient d'apercevoir (aussi petite qu'une fourmi…) la limousine de Maggie Starlette qui s'avance vers l'hôtel.

Dans quelques secondes, cette dernière sortira de l'immeuble en compagnie de Rosalie. Son chauffeur leur ouvrira la porte et les filles iront s'asseoir sur la banquette moelleuse et luxueuse.

Prenant une bonne inspiration, Lola recule, ouvre son parapluie (oui, elle SAIT que cela peut porter malheur de l'ouvrir en intérieur, mais elle n'a PAS le choix !) et compte jusqu'à trois dans sa tête. Écouter le décompte de son réalisateur avant de se lancer dans le vide l'a toujours aidée à remettre ses idées en place et à se calmer.

TROIS,
DEUX,
UN...
TOP !!!

Lola se met à courir. Elle ferme les yeux et… BANG !!! Le parapluie, beaucoup trop gros pour passer à travers la fenêtre, la retient dans son élan et la repousse en arrière. La jeune vedette rebondit pour atterrir sur les fesses.

Lorsqu'elle ouvre les yeux, Lola comprend rapidement ce qui s'est produit. Elle ronchonne, tout en se frottant le popotin. C'est que la chute a été assez douloureuse !

La jeune fille
se remet debout
et évalue la situation.
Visiblement, elle ne
pourra pas courir pour
prendre de l'élan.
Elle devra refermer
son parapluie, le passer
par l'ouverture de
la fenêtre, l'ouvrir
une seconde fois,
puis simplement
se laisser tomber.
En s'assurant de bien
tenir le parapluie !

Rien de trop compliqué ! Aussitôt dit, aussitôt fait. Lola s'exécute avec minutie et, une fois bien installée sur le rebord de la fenêtre, elle effectue un tout petit saut afin de s'éloigner de l'immeuble. Mais sa vitesse de descente est assez impressionnante. Tellement que Lola commence à croire que son plan risque d'être un échec sur toute la ligne. Pourtant, elle a tout fait dans le bon ordre !

Elle n'a pas couru. Elle s'est glissée doucement par la fenêtre. Elle a ouvert son...

Voilà son erreur ! Elle a oublié d'ouvrir son parapluie !!! Et le sol se rapproche dangereusement !

Avec maladresse,
la jeune vedette essaie
d'appuyer sur le bouton
permettant l'ouverture
de l'objet, mais le vent
et le stress lui causent
bien des maux de tête !
Les étages de l'hôtel
défilent à toute vitesse.
Il lui reste si peu
de temps pour…

OUF ! ENFIN !
Le parapluie géant s'est ouvert dans un grand vacarme ! Et Lola, qui s'accroche solidement à son manche, a ralenti considérablement sa descente. Désormais, elle virevolte au rythme des bourrasques qu'elle rencontre.

En dessous d'elle, la porte de l'hôtel dévoile les silhouettes de Rosalie et Maggie Starlette. Celles-ci s'approchent de la limousine et disparaissent à l'intérieur du véhicule. Le moteur de la voiture gronde alors que le chauffeur s'engage dans la rue. Avant que Lola ait eu le temps de toucher terre, la limousine s'éloigne et prend un virage.

La jeune vedette va la perdre de vue si elle ne se décide pas à faire quelque chose ! Oui, mais quoi ? Comment peut-on poursuivre une voiture lorsqu'on est agrippée à un parapluie géant que les vents ballotent dans tous les sens ?

Mais Lola n'est jamais à court d'idées… Une autre solution

vient de germer dans
sa tête. Bien sûr ! Elle
a le mode de transport
parfait pour éviter
les embouteillages,
les feux de circulation
et les piétons !

SON PARAPLUIE !
Elle n'a qu'à se laisser
guider par le vent !
Toutefois, comme ça
ne risque pas d'être
suffisant pour rattraper

Rosalie et Maggie Starlette, Lola fouille dans une de ses poches.

Et elle en sort justement l'objet qui lui manquait…

Chapitre 9

Une brosse à dents électrique peut vous mener là où vous le voulez

UNE BROSSE À DENTS ! Oui, Lola vient de se rappeler qu'elle s'est étendue sur son lit juste après s'être brossé les dents, et qu'ensuite, elle n'avait plus envie de se relever. C'est pourquoi elle a rangé l'objet dans sa poche.

De plus, cette brosse n'est pas ordinaire… Elle est électrique ! Un petit moteur la fait fonctionner. Si Lola l'installe juste à la base du parapluie, celui-ci devrait se mettre à tourner comme une hélice !

Ainsi, la jeune fille pourra se rendre là où elle le voudra. C'est-à-dire exactement où se trouve la limousine de Maggie Starlette !

Ni une ni deux, Lola installe la brosse à dents à la bonne place et, comme elle l'espérait, le haut du parapluie tourbillonne sans s'arrêter.

Elle manie avec agilité son nouveau moyen de transport pour s'engager dans les rues voisines de l'hôtel.

Portant une main à son front, elle plisse les yeux pour tenter d'apercevoir la voiture de sa cousine. Cela lui prend un certain temps, car elle ne sait pas du tout où cette dernière a prévu d'emmener Rosalie pour la journée. Au bout de quelques minutes à parcourir les airs avec son parapluie électrique, Lola finit par apercevoir le long véhicule garé devant un salon de coiffure. Les deux filles en descendent juste à ce moment.

Pourquoi Maggie Starlette a-t-elle conduit Rosalie à cet endroit ? Celle-ci est très bien comme elle est. Elle n'a aucunement besoin de changer de tête ! Lola soupire de frustration, avant de tenter une technique d'atterrissage. Juste à ce moment, la batterie de sa brosse à dents commence à faiblir et la jeune vedette se retrouve à planer dans le ciel, sans aucun moteur !

Lorsqu'elle finit par poser les pieds au sol, Lola se trouve à au moins vingt minutes de marche du salon ! Au pas de course, c'est un peu moins long, mais à peine. C'est pourquoi, quand la jeune fille arrive enfin devant le salon,

elle n’a qu’une envie,
c’est de se mettre à
hurler de frustration.
Il faut dire qu’elle aurait
parfaitement raison,
car la voiture…
N’EST PLUS LÀ !!!

De plus en plus en colère, Lola se remet à courir dans la première rue qu'elle voit, dans l'espoir de retrouver la limousine...

Si la jeune fille n'était pas si fâchée et si elle avait pris la peine de coller le bout de son nez contre la vitre du salon de coiffure, elle aurait remarqué que, même si la voiture n'est plus devant la bâtisse*, ses occupantes ne sont pas parties pour autant. Au contraire ! Le chauffeur de Maggie Starlette est simplement parti se stationner à l'arrière pour que les fans de la vedette ne viennent pas la déranger.

Rosalie, pour sa part, est sagement assise sur la chaise haute du coiffeur. Une large serviette a été nouée autour de son cou, ce qui l'empêche de se gratter la nuque. Derrière elle, monsieur Clic, coiffeur attitré de Maggie Starlette, ainsi que cette dernière la fixent à travers le miroir. Tous les deux

se demandent bien
quelle coupe lui irait
le mieux...

— Vous savez,
j'adore ma coiffure !
À part couper les
pointes un peu abîmées,
vous n'avez pas besoin
de toucher à mes
cheveux..., tente de
les convaincre Rosalie,
un peu inquiète.

Monsieur Clic
et Maggie Starlette
se jettent un regard
qui en dit long. Puis
le coiffeur s'exclame :

— Ne t'en fais pas pour ça ! Je m'occupe de tout ! On va juste rafraîchir un peu ta coupe, ajouter quelques effets de couleur et donner du style à tout ça. Tu vas voir, tu seras

Et dans un claquement de ciseaux bien senti, il se met à raccourcir, effiler et faire bouillir. Oups ! Non, il n'est quand même pas en train de faire une recette ! Apeurée, mais sans pouvoir rien y changer, Rosalie cherche son portable caché sous la serviette. Puis elle pianote un peu à l'aveuglette pour rejoindre sa « vraie » meilleure amie et lui demander de lui venir en aide.

Lol ! C’est moi !
Au secours !!!

ROSALIE

LOLA

Quoi ?!? Qu'est-ce qui ne va pas ? Ne me dis pas que cette peste de Maggie Starlette est en train de te faire du mal !!!

Eh bien… du mal, je ne sais pas, mais disons que la paire de ciseaux vient de passer très près de mon visage…

ROSALIE

LOLA

Des ciseaux ?!? Oh là là ! Dis-moi où tu te trouves, j'arrive tout de suite !

ROSALIE

Voilà, c'est un peu ça, le problème. Je ne sais pas du tout où nous sommes. Je ne connais pas la ville, moi, et la limousine a fait des tas de détours avant d'arriver ici. À croire que le chauffeur voulait semer quelqu'un…

LOLA

Bon, dans ce cas, donne-moi au moins un indice. Le nom des gens qui sont près de toi, un arbre avec un look étrange. Bref, n'importe quoi !

Euh… l’homme qui se tient derrière moi s’appelle monsieur Clic, je crois.

ROSALIE

LOLA

Monsieur Clic ? Le coiffeur ? Tu es dans son salon ? Encore ?

ROSALIE

Comment ça, encore ? Je viens juste d'arriver. Et tu le connais ? Il est gentil, mais je doute que la coupe qu'il est en train de me faire soit une réussite. Je pense qu'il vient de mettre du bleu sur mes pointes. VITE ! VIENS M'AIDER !

LOLA

Ne t'en fais pas,
je suis juste à côté !
Je serai sur place
dans deux minutes !

Rosalie range son téléphone, un peu rassurée. Mais son moral retombe à zéro lorsqu'elle relève les yeux pour apercevoir son reflet dans le miroir. Monsieur Clic vient de terminer son travail sur sa tête. Et le résultat est…

Permettez-moi de décrire le tout nouveau style pour le moins flamboyant* de la jolie Rosalie. Toutes ses pointes sont désormais de couleur bleu ciel. Une magnifique frange barre son front en diagonale. Jusqu'ici, tout va bien. Mais ça se gâte au niveau du sommet de son crâne, où le coiffeur a eu la brillante (ou étrange ?) idée de couper des mèches plus courtes et de lui donner un effet punk !

Rosalie ne se reconnait plus ! Mais alors plus du tout !

Pourtant, Maggie Starlette paraît assez contente, car elle s'exclame :

— Tu es parfaite comme ça ! Désormais, Lola ne pourra pas dire que sa meilleure amie n'a pas un look à casser la baraque ! Maintenant, il ne manque que tes vêtements

à changer. Allez hop ! On a encore du pain sur la planche !

Sans plus attendre, elle tire sur la main de Rosalie qui se laisse guider, trop désemparée* pour réagir. Les filles sortent par la porte arrière du salon de coiffure et reprennent place dans la limousine.

Lorsque Lola
pousse les portes avant
du salon, elle ne peut
que se mettre à crier
de fureur en entendant
le moteur de la voiture
rugir de nouveau, et voir
disparaître celle-ci encore
une fois dans les rues
de la ville !

Chapitre 10

Razzia dans les boutiques et pizza sur la terrasse !

Un peu découragée,
Rosalie observe
son reflet à travers
la vitre de la limousine.
Non, ce look, ce n'est
pas elle du tout.
Mais elle aurait bien
besoin de l'avis de
sa meilleure amie.
Tiens, pourquoi
ne pas lui envoyer
un selfie pour lui
montrer le résultat ?

Tandis que Maggie Starlette se penche vers le chauffeur pour lui indiquer l'endroit où elle veut qu'il se dirige, Rosalie en profite pour se prendre en photo et envoyer le cliché à Lola. La réponse de celle-ci ne se fait pas attendre. Rosalie se tourne vers la fenêtre pour ne pas être surprise en train de lire ses messages.

LOLA

Qui a pris
le téléphone de
mon amie Rosalie ?!
Veuillez le lui rendre
immédiatement !

Mais non,
Lol, c'est moi !
Je SUIS Rosalie.
Mais comme je
peux le constater,
tu n'apprécies pas
ma nouvelle
coiffure…

ROSALIE

LOLA

Attends, ÇA, ce sont tes cheveux ? Je croyais que tu portais un chapeau ! Ma pauvre Rosalie… Ma cousine est vraiment sans pitié avec toi !

ROSALIE

En plus,
elle est loin d'avoir terminé. Elle veut maintenant s'occuper de mes vêtements.

LOLA

Il est plus que temps que je vienne à ta rescousse. Où êtes-vous en ce moment ?

Je ne vois pas bien le nom des rues à cause des vitres teintées de la voiture. Oh, attends, on vient de s'arrêter… Ah non, zut, ce n'était qu'un feu rouge.

ROSALIE

LOLA

Bon, tiens-moi au courant dès que vous serez à destination. Je vais appeler mon chauffeur pour me rendre rapidement jusqu'à vous.

ROSALIE

Ton chauffeur ? Mais comment t'es-tu rendue au centre-ville sans lui ?

LOLA

Longue histoire.
Je te raconterai ça
tout à l'heure.

ROSALIE

OK, je te laisse,
Maggie Starlette
commence à se
demander ce que je
fabrique. Je t'écris
dès que je le peux.

La jeune fille range son appareil et se tourne en souriant vers celle qui est assise à ses côtés dans la limousine. Mais la cousine de Lola n'est pas dupe et lui demande avec un air sarcastique :

— Alors, comment va Lol ?

— Hein ? Euh... quoi ?, bafouille Rosalie.

— Ne joue pas les innocentes. Je sais que tu étais en train d'écrire à ma cousine ! Elle nous suit depuis tout à l'heure, mais mon chauffeur est très habile pour semer les indésirables.

— Comment pourrait-elle nous suivre, elle est à pied !

— Lol a des tas de ressources, ne t'en fais pas pour elle. Concentre-toi plutôt sur ta métamorphose* du jour. J'ai un joli chapeau pour toi dans le coffre de la limousine. Je te l'offrirai quand nous en sortirons.

Que dirais-tu de
te donner un look
un peu plus « motard » ?

— Bah, moi, les motos,
tu sais...

— D'accord, alors
un style glamour ?
Avec une robe rouge
et des talons hyyyyper
hauts ?, suggère Maggie
Starlette.

Mais Rosalie fait la grimace et réplique :

— Je ne pourrais même pas marcher avec ça. En plus, moi, la hauteur, je déteste !

— Ce que tu peux être difficile ! Qu'est-ce que Lol te trouve, au juste ?!, s'écrie la vedette avec impatience.

Ces derniers mots jettent Rosalie dans une réflexion troublante. En effet, pourquoi Lola est-elle amie avec elle ? Elles n'ont absolument rien en commun. Elles ne viennent pas du même monde et, surtout, Lola est uuuultra riche, alors que Rosalie n'a pas un sou… Leur amitié durera-t-elle encore longtemps, ou est-ce que Rosalie ferait mieux de se faire une raison ? Dès que le film qu'elles sont en train de tourner sera terminé, la jeune vedette ne reviendra sûrement pas dans sa petite ville. Elle restera à Hollywood pour en faire la promotion.

Et les deux meilleures amies seront séparées…

Rosalie ferme les yeux pour ne pas laisser échapper ses larmes. Elle ne veut pas perdre son amie, mais elle sait que cela risque d'arriver. Il est hors de question de mettre

des bâtons dans
les roues de Lola et
de l'obliger à suspendre
sa carrière au nom
de leur amitié.
Elle baisse alors la tête
et marmonne :

— Je ne sais pas...
Mais je crois que tu as
raison. Elle serait mieux
avec une fille comme
toi, qui partage la même
passion pour le cinéma.

— Euh… oui, c'est sûr que… Nous devrions être amies, mais… Elle est si compétitive. En plus, tout le monde croit qu'elle est la septième merveille du monde ! Alors que je suis clairement

aussi douée qu'elle ! C'est trop injuste !

— C'est vrai que tu es une excellente actrice. Je t'ai vue jouer hier et tu étais géniale. Mais Lol aussi. En fait, vous l'êtes autant l'une que l'autre. Ce n'est que moi qui détonne*...

Pour la première fois de sa vie, Maggie Starlette est mal à l'aise devant la peine de quelqu'un d'autre. C'est que Rosalie est si gentille avec elle. Même si, au fond, Maggie ne le mérite pas du tout. La preuve : elle a tout fait pour la

séparer de Lola.
Et encore maintenant, elle s'amuse à la trimballer dans les boutiques dans le seul but de faire enrager sa cousine.
En fin de compte, Maggie Starlette comprend très bien pourquoi cette dernière est l'amie

de Rosalie. Celle-ci est adorable. Elle ne parle jamais contre personne et veut que tout le monde soit heureux.

Inspirée par la jeune fille, elle décide donc de faire une bonne action. Pendant que Rosalie a toujours les yeux baissés, Maggie Starlette fouille à son tour dans son sac à main à la recherche de son téléphone. Il est temps d'envoyer un petit message à sa cousine…

MAGGIE STARLETTE

Lol, ça te dirait de te joindre à nous pour une razzia dans les boutiques ? Je me souviens comme tu aimais faire ça, quand nous étions plus jeunes !

LOLA

Est-ce que c’est un piège ? 

MAGGIE STARLETTE

Pas du tout ! Viens nous rejoindre à la pizzeria des « Cent Fromages ». Promis, je te réserve une part. Je sais à quel point tu adoooores la pizza au fromage bleu et au saumon. (BEURK !)

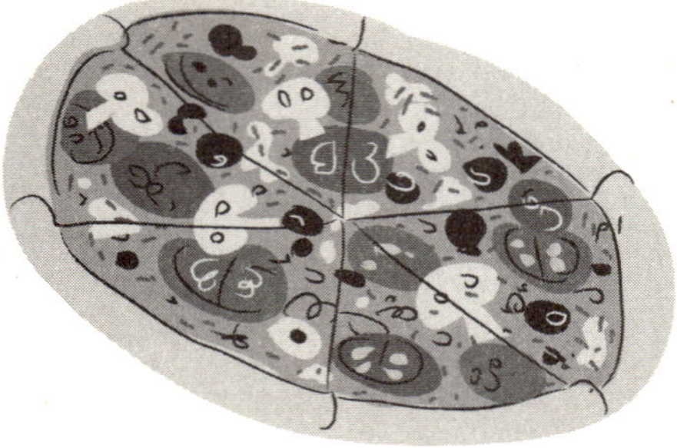

D'accord… mais je trouve ça louche. Rassure-moi, Rosalie va bien ? Tu ne lui as rien fait ?

LOLA

MAGGIE STARLETTE

Fais-moi un peu confiance ! Et ta meilleure amie… elle est géniale. Tu es très chanceuse…

Je le sais. 

LOLA

MAGGIE STARLETTE

Je te laisse, Rosalie vient de me demander de lui passer une boîte de mouchoirs. À tout de suite !

LOLA

Une boîte de mouchoirs ??? Comment ça, une boîte de mouchoirs ? Elle pleure ? QU'EST-CE QUE TU AS FAIT À MON AMIE ?!? GRRR !!!

Mais Lola ne reçoit aucune réponse de la part de sa cousine, puisque Maggie Starlette vient de ranger son téléphone au fond de son sac. Elle donne ensuite la boîte de mouchoirs à Rosalie avant de lui souffler :

— J'ai une petite surprise pour toi. Et cette fois, tu ne seras pas déçue, c'est promis !

Chapitre 11

Enfin, la réconciliation !

La limousine freine brusquement et Maggie Starlette attrape la main de Rosalie pour la faire descendre à sa suite. Après avoir récupéré le chapeau qu'elle voulait lui offrir, elle lui enfonce sur la tête, puis tente d'entraîner la jeune fille dans le restaurant devant lequel elles se trouvent. Mais celle-ci ne se laisse pas faire.

Elle est figée sur place, le visage relevé vers l'enseigne de la bâtisse. Il faut dire que le tout est plutôt inhabituel…

Juste au-dessus de Rosalie et Maggie Starlette se trouve une IMMENSE pizza ultra pepperoni et triple fromage. Sauf que cette pizza ne se mange pas. Elle est en plastique !

Malgré tout, elle
est pour le moins
impressionnante !

— Ce n'est
pas une vraie !
Allez, viens,
la surprise nous
attend sur la terrasse,
s'impatiente Maggie
Starlette, en se postant
dans le dos de Rosalie
pour la forcer à avancer.

Cette dernière finit par détacher son regard de la fausse pizza et entre dans le restaurant. Maggie fait alors signe au serveur de leur apporter de grands verres de limonade bien fraîche, qu'elles prendront à l'extérieur. Juste avant de se diriger vers les tables installées sous de larges parasols, la vedette jette un œil à son téléphone et sourit.

— Parfait, elle est arrivée...

— Qui ça ?, demande Rosalie.

— Ta surprise !, s'écrie Maggie Starlette en pointant Lola du doigt.

Celle-ci leur fait de grands signes de la main pour les inviter à venir la rejoindre, ce que les filles font aussitôt.

— Mais qu'est-ce que tu fais là ?, s'exclame Rosalie, bouche bée. Je croyais que tu ne savais pas où je me trouvais ?

— Je ne le savais pas, non plus. C'est ma cousine qui m'a envoyé un message pour me donner un lieu de rendez-vous.

Étonnée, Rosalie se tourne vers Maggie, dont les joues ont viré au rouge. Elle bafouille, pour une fois gênée d'être ainsi le centre de l'attention.

— C'est que je... euh... En tout cas... Il fallait bien que... Bref, vous êtes les meilleures amies du monde, je ne pouvais pas vous séparer indéfiniment !

— Oh, merci ! s'écrie Rosalie en sautant dans les bras de la jeune fille, qui n'a plus seulement les joues rouges, cette fois, mais tout le visage !

Le serveur arrive alors avec un plateau de limonade, ce qui incite les nouvelles venues à s'asseoir. Cette fois, face à Lola, Maggie ne peut plus se défiler. Elle prend donc une profonde inspiration avant de lancer :

— Je t'ai toujours trouvée extraordinaire sur les plateaux de tournage et dans tes films. Tu es si douée… C'est difficile de rivaliser avec toi, tu sais.

— Merci, mais… malgré ce que tu peux croire, je ne suis pas en compétition avec toi. Ce sont surtout mes parents qui voulaient que je devienne actrice. Je suis désolée si je t'ai fait de l'ombre, ce n'était pas mon intention, s'excuse Lola.

— Vraiment ?
Pourtant, j'ai toujours cru que tu aimais être la meilleure et passer devant les autres.

— Lola n'est pas comme ça, intervient Rosalie, qui n'aime pas voir son amie se faire rabaisser. Elle est hyper généreuse et elle veut toujours faire plaisir aux autres. Tu ne la connais pas bien si c'est ce que tu penses d'elle !

— Ben, en fait, c'est vrai que tu étais une super bonne amie quand nous étions toutes petites et que nous jouions ensemble, avoue Maggie. Mais depuis que tu fais du cinéma, on se voit moins, et chaque fois que je rencontre Réal Glorieux, le réalisateur de nos films, il ne fait que critiquer ta façon d'être. Il dit que tu joues à la vedette.

À ces mots, Lola manque de s'étouffer avec sa limonade. Elle en crache une bonne partie dans le visage de Rosalie, qui doit ensuite s'essuyer avec la nappe. Lola ne s'en préoccupe pas, trop irritée par ce qu'elle vient d'entendre.

— Comment ça, je joue les vedettes ?! C'est faux ! Ah, ce réalisateur à la noix ! La prochaine fois que je vais le croiser, il va m'entendre ! Il passe son temps à hurler après tout le monde sur le plateau, et il n'apprécie pas le travail des acteurs. Je ne comprends pas pourquoi personne n'a songé à le renvoyer !

— Ben ... on se retrouverait sans réalisateur. Et il fait vraiment de très bons films.

— Peut-être, mais ça ne justifie pas son mauvais caractère !, conclut Lola.

Rosalie en profite alors pour demander :

— En parlant du tournage, savez-vous quelle est la prochaine cascade que je devrai effectuer ? Pas que ça m'inquiète, mais...

Aussitôt, Lola se dépêche de la rassurer :

— Ne t'en fais pas. Selon le scénario, c'est tout simple. Je crois que tu dois passer à travers les flammes d'un incendie.

— QUOI ?!? Mais je vais brûler vive !!!

Maggie Starlette se met à rigoler devant l'expression catastrophée* de Rosalie. Sa cousine lui lance un regard d'avertissement, puis se concentre sur sa meilleure amie.

— Pas du tout. Tu porteras une combinaison à l'épreuve du feu. En quelques minutes, tout sera terminé. En plus, c'est un petit feu de rien du tout, je t'assure. Les flammes ne dépasseront pas tes mollets. Promis.

Pour se rattraper, Maggie propose alors :

— Et si Réal Glorieux a prévu de faire le tournage de cette scène demain, on sera là pour t'appuyer, Lola et moi.

Rosalie prend une bonne inspiration en songeant que, si elle veut réellement devenir cascadeuse, il serait temps qu'elle cesse de se reposer sur les autres. Elle bombe alors le torse et réplique, en balayant l'air d'une main, comme elle a vu si souvent Lola le faire :

— Bah, pas besoin. Comme vous le dites, ça devrait très bien aller. Je peux le faire toute seule. C'est bon.

Au même moment, elle sent une vibration dans sa poche. Elle se dépêche de sortir son portable pour y lire le message qu'elle vient de recevoir. Peut-être que c'est son père qui veut prendre de ses nouvelles ? Après tout, ça fait quand même quelques jours qu'elle est partie de la maison...

Toutefois, les yeux de Rosalie s'écarquillent quand elle lit le SMS. Il ne s'agit pas du tout de son père…

RÉAL GLORIEUX

Changement de plan ! Le tournage de la cascade commence dans dix minutes. Ne sois pas en retard !

— Qui c'était ?,
demande Lola,
surprise de
voir le visage
de son amie
changer de couleur.

La gorge sèche,
Rosalie relève la tête
et fixe les deux cousines.
Puis, elle murmure,
la voix rauque* :

— Le tournage commence dans dix minutes. Maggie, penses-tu que ton chauffeur pourrait m'y amener en vitesse ?

— Bien sûr. Mais on t'accompagne !

— NON ! Non…
… comme je vous l'ai dit, je suis capable de me débrouiller. Restez ici et finissez vos limonades. En plus, je pense que vous avez du temps à rattraper… Je vous raconte tout ce soir, décide-t-elle en repoussant sa chaise.

Après un dernier au revoir, Rosalie tourne les talons et s'éloigne de ses amies ; le cœur un tout petit peu serré…

Chapitre 12

Problème sur le plateau

Lorsque
Rosalie descend de
la limousine, elle a
les mains tremblantes
et le souffle court.
Mais elle reprend vite
courage et va rejoindre
le reste de l'équipe de
tournage, déjà sur place.
Elle est la dernière à
arriver et, évidemment,
Réal Glorieux lui
en fait aussitôt
le reproche.

— Quand je dis
« dix minutes »,
on ne se pointe pas
UNE minute en retard,
jeune fille ! PERSONNE
n'arrive en retard
sur MON plateau,
c'est clair ?!

— Euh…
c'est que…

— Je ne veux pas entendre tes explications. Tiens, enfile ta tenue à l'épreuve du feu. Vite, on vient d'activer le brasier !

— Le brasier ?

Le réalisateur ne prend pas la peine de lui répondre, mais pointe plutôt l'énorme, le gigantesque, l'éléphantesque, bref, le MONUMENTAL feu qui vient d'être allumé en plein milieu de la route. Ce n'est pas du tout un petit feu, comme l'avait dit Lola ! Effrayée, Rosalie colle sa tenue contre sa poitrine en bégayant.

— Je… je ne… ne peux pas… pas faire ça ! Il est trop… trop… trop GROS !

— Tu es une cascadeuse, oui ou non ? gronde Réal Glorieux, en colère.

— C'est-à-dire que…

— Dans ce cas, cesse de pleurnicher

et prépare-toi. On filme
dans cinq minutes !

Intimidée par
la voix et l'attitude
du réalisateur, Rosalie
enfile sa tenue, puis
se dirige vers le feu.
Le visage blême, les
yeux ronds, la jeune
fille sent la chaleur
la recouvrir. Comment
va-t-elle réussir
cet exploit ?

Les maquilleuses lui foncent dessus. On lui retire le joli chapeau qu'elle a oublié d'enlever. La voix de Réal Glorieux retentit alors derrière elle. Elle se tourne pour savoir ce qu'il lui veut encore. Celui-ci rugit en pointant sa toute nouvelle coiffure. Oups, elle l'avait presque oubliée, celle-là !

— MAIS QU'EST-
CE QUE TU AS FAIT
À TES CHEVEUX ???
Tu ne ressembles plus
du tout à Lola Star !
Comment pourrais-tu
lui servir de doublure
dans ce cas ? Quelle idée
d'aller chez le coiffeur
en plein tournage !

— Euh… en fait, c’est Maggie qui…

— Je ne veux pas le savoir ! Tu es RENVOYÉE ! Quitte ce plateau tout de suite ! Et qu’on aille me chercher Lola Star ! Je vais avoir besoin d’elle ! TOUT DE SUITE !!!

Le réalisateur continue de hurler de rage tandis que Rosalie, soulagée de ne pas avoir à tourner la scène, se précipite vers la limousine.
Mais celle-ci n'est plus en stationnement !
Le chauffeur doit être parti chercher Maggie Starlette. Et Rosalie se retrouve toute seule...

Lola pourra sûrement l'aider. Elle lui écrit aussitôt un message.

ROSALIE

Lol, il y a eu un problème sur le plateau. J'ai été renvoyée ! Tu pourrais venir me chercher ?

Aucune réponse ne lui parvient… Même Lola l'abandonne. Les yeux remplis de larmes, Rosalie décide d'appeler un taxi, et demande à celui-ci de l'amener à l'aéroport. Elle doit retourner chez elle, puisqu'elle n'a plus sa place ici. Elle n'aurait jamais cru que sa meilleure amie refuserait de lui parler. Mais le cinéma est si important pour Lola. Elle lui en veut sûrement de gâcher son film…

Quelques heures plus tard, l'avion de Rosalie atterrit dans sa petite ville. Et la jeune fille n'a toujours reçu aucune nouvelle de Lola.

Est-ce la fin
de leur amitié... ?

Épilogue

Le nez collé contre la vitre du salon, Rosalie fixe le champ de fleurs qui avoisine sa maison. Exactement où se tenait encore hier l'énorme, le gigantesque, l'éléphantesque, bref, L'IMMENSE manoir de Lola Star. Mais à sa place, il ne reste que l'ancien champ de fleurs de Rosalie…

La veille, quatre hélicoptères sont venus récupérer l'habitation. Une fois solidement attaché avec des câbles, le manoir est monté dans le ciel, puis a été emporté au loin par les quatre appareils. La jeune fille a assisté au spectacle, impuissante...

Voilà, c'était la preuve que son amitié avec Lola était bel et bien terminée. Et que cette dernière ne reviendrait plus jamais dans sa ville. Ne lui téléphonera plus jamais. Ne lui parlera plus jamais. Ne lui dira plus qu'elle est sa meilleure amie… pour la vie.

Une larme coule sur la joue de Rosalie, mais elle l'essuie bien vite. Elle a école, ce matin, et elle ne doit pas être en retard. Dans son dos, monsieur Sans-le-sou, son père, la presse justement de revenir s'asseoir à table afin de terminer ses céréales. Lui aussi doit partir travailler. Il a été réengagé à l'usine de trous de beignets de la ville et commence bientôt.

Évidemment, Rosalie n'a pas faim. Elle se contente donc de ramasser son bol et de le mettre dans l'évier. Elle enfile ensuite ses vieilles bottines trouées, ajuste ses lunettes à demi brisées, puis tend la main vers la poignée de la porte. Son père,

qui n'aime pas voir
sa fille dans cet état,
la retient un instant,
en murmurant :

— Elle finira bien par te donner de ses nouvelles…

— Ça, ça m'étonnerait, souffle Rosalie, la tête basse.

— Quand se termine son tournage ?, reprend-il.

Rosalie hausse les épaules. Cela pourrait prendre des semaines. Malgré tout, si Lola avait voulu lui reparler pour lui démontrer qu'elle ne lui en voulait pas pour son renvoi et son départ précipité, elle l'aurait déjà fait, non ?
Sans rien ajouter, la jeune fille sort de la maison et prend la route pour se rendre à l'école.

Comme elle habite dans le coin le plus pauvre de la ville, elle doit marcher une bonne heure pour s'y rendre. Lorsqu'elle débouche enfin dans la cour, elle meurt de chaud et est déjà très fatiguée. Mais ce n'est pas le moment de faire une pause, car la cloche vient de sonner et Rosalie doit rejoindre le reste de sa classe.

Elle se laisse choir* sur sa chaise, pose les bras sur son pupitre où sa tête retombe, épuisée. Encore une looooongue journée qui s'annonce !

Du moins, c'est ce que croit la jeune fille…

Car, lorsque son professeur, monsieur Lalumière, commence à faire l'appel, un détail lui fait tendre l'oreille. Intriguée, la jeune fille relève la tête et fronce les sourcils… Il faut dire que le nom que l'enseignant vient de mentionner lui rappelle étrangement quelqu'un. Sans compter que cette élève ne fait normalement pas partie de leur groupe.

Comme personne ne répond à monsieur Lalumière, il se voit forcé de répéter :

— Laurie Tremblay ! Est-ce que Laurie Tremblay est ici ?

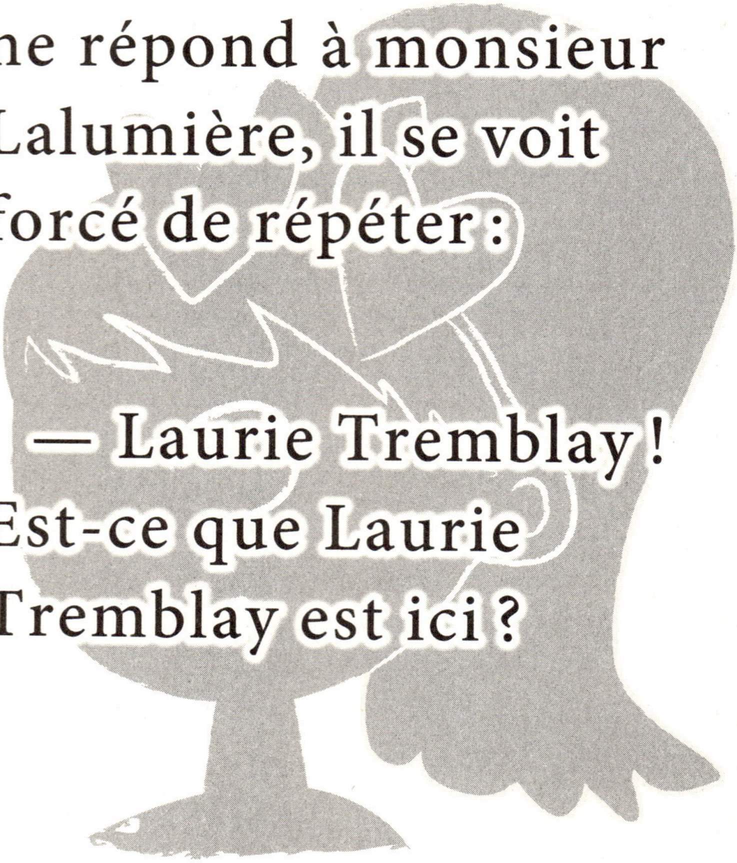

Lentement, Rosalie se tourne, à la recherche de… OUI ! Elle est là, assise sagement au bureau derrière elle : LOLA STAR ! Elle est revenue ! Et elle ne semble pas savoir qu'elle doit lever la main pour signaler sa présence, car elle ne fait que sourire poliment à l'enseignant, qui est de plus en plus énervé.

— OÙ EST LAURIE TREMBLAY ???

Vite, Rosalie doit venir en aide à son amie ! Elle fouille dans sa poche et saisit son téléphone pour lui envoyer un message, les mains cachées sous son pupitre.

ROSALIE

Lol ? Tu dois lever la main quand le prof dit ton nom !

LAURIE TREMBLAY

Oups ! C'est vrai ! Il faut dire que je n'ai pas l'habitude d'utiliser mon « vrai » prénom… Bon, je lève la main.

ROSALIE

De mon côté, j'ai aussi une petite question : MAIS QU'EST-CE QUE TU FAIS LÀ ???

LAURIE TREMBLAY

Ah, c'est une longue histoire… Mais en gros, après ton départ, j'ai renvoyé le réalisateur.

Il n'a jamais été très patient et il criait après tout le monde. Nous étions tous soulagés qu'il s'en aille. Après ça, nous avons fait le point, car nous n'étions pas certains de vouloir vraiment terminer ce film. Comme personne ne trouvait le scénario génial, nous avons décidé de tout arrêter.

LAURIE TREMBLAY

ROSALIE

Dans ce cas, pourquoi tu ne m'as pas répondu, appelée ou écrit pour me le dire ?!

J'avais perdu mon portable au restaurant !

LAURIE TREMBLAY

LAURIE
TREMBLAY

En plus, je n'ai pas eu une minute à moi. Je voulais voir mes parents afin de leur faire part de ma décision. Et ils étaient injoignables, car ils tournaient un film en Chine. J'ai dû leur courir après dans plusieurs pays pour finalement leur mettre la main dessus au Pérou. Bref, ils ont pris la nouvelle plutôt bien, en fin de compte.

ROSALIE

Quelle nouvelle ? 

LAURIE TREMBLAY

Ah, c'est vrai, tu n'es pas au courant ! J'ai décidé… d'arrêter le métier d'actrice !

Je cède toute la place à ma cousine, qui aime ça bien plus que moi. C'est pour ça que j'ai repris mon nom et que je suis venue te rejoindre ici !

LAURIE TREMBLAY

ROSALIE

Mais… et le manoir ? Pourquoi il a disparu ?

Tout simplement parce que je commençais à le trouver un peu petit. Aujourd'hui, des pilotes d'hélicoptère doivent venir m'en livrer un BEAUCOUP plus gros ! J'ai hâte de te le faire visiter ! Et ton père pourra revenir y travailler s'il le veut !

LAURIE TREMBLAY

ROSALIE

Wow, c'est complètement fou… Je peux te demander une dernière chose ?

Bien sûr ! Tu es ma meilleure amie, tu peux TOUT me demander !

LAURIE TREMBLAY

ROSALIE

Eh bien… je me demande juste si tu ne vas pas t'ennuyer du métier d'actrice, de ta popularité et du fait d'être sur la scène… ?

Ne t'en fais pas pour ça !

LAURIE TREMBLAY

LAURIE
TREMBLAY

J'ai peut-être décidé de ne plus tourner de films, mais ça ne veut pas dire que je ne vais plus jamais monter sur une scène. D'ailleurs, j'ai oublié de te dire que, pendant mon absence, j'ai aussi écrit plusieurs chansons que mon équipe et moi avons enregistrées. Car… Accroche-toi bien, ma chère Rosalie… Je suis devenue CHANTEUSE !

ROSALIE

Tu es sérieuse ?!? 

LAURIE TREMBLAY

Absolument ! Et j'ai même un nom de scène, tu veux le connaître ?

ROSALIE

Euh… pas sûre…
Mais dis-le
toujours…

Tu peux
m'appeler…
LADY STELLA !!!

LAURIE
TREMBLAY

Voici la FIN
des aventures
de Lola Star,
mais celles
de LADY STELLA
ne font que
commencer...

LEXIQUE

p. 7 : les commodités : éléments de confort, qui sont commodes.

p. 8 : une collation : repas léger.

p. 10 : titanesque : gigantesque, immense.

p. 11 : immerger : plonger dans un liquide.

p. 20 : contempler : regarder longuement quelque chose, admirer.

p. 23 : se répercuter : être renvoyé par un effet de rebond.

p. 24 : dément : fou, déraisonnable.

p. 29 : un jacuzzi : bain bouillonnant à remous.

p. 33 : être enclin à : être naturellement prêt à faire quelque chose.

p. 45 : la rétine : partie située au fond de l'œil, qui est sensible à la lumière.

p. 49 : être serti de : être constitué de pierres précieuses.

p. 58 : rétorquer : répondre, répliquer vivement.

p. 63 : débouler : arriver rapidement.

p. 65 : un air suffisant : un air hautain, dédaigneux.

p. 66 : une garde-robe : ensemble de vêtements appartenant à une personne.

p. 67 : se dépêtrer : se dégager d'une situation gênante.

p. 80 : une embrasure : une petite ouverture.

p. 94 : se préoccuper : porter son attention sur quelque chose.

p. 98 : satin : étoffe lisse et brillante.

p. 99 : une conférence de presse : réunion au cours de laquelle une ou plusieurs personnalités s'adressent aux journalistes et répondent à leurs questions.

p. 107 : abdiquer : renoncer à quelque chose.

p. 111 : fredonner : chanter une chanson à voix basse.

p. 114 : répliquer : répondre à quelqu'un avec impertinence.

p. 116 : tempérer : atténuer, adoucir.

p. 118 : une mêlée : bagarre entre plusieurs personnes.

p. 125 : endosser : assumer la responsabilité de quelque chose.

p. 132 : réfuter : contredire quelqu'un ou quelque chose.

p. 149 : se résoudre à : finir par accepter quelque chose.

p. 159 : abasourdir : étourdir, stupéfier.

p. 166 : se pavaner : marcher fièrement.

p. 173 : un précipice : ravin ou gouffre très profond.

p. 176 : blême : personne très pâle, à cause d'une maladie ou d'une émotion vive.

p. 181 : une cacophonie : effet désagréable produit par plusieurs instruments ou plusieurs personnes qui parlent en même temps, sans harmonie.

p. 196 : rebrousser chemin : faire demi-tour, retourner en arrière.

p. 197 : ronger son frein : se retenir de faire quelque chose, prendre sur soi.

p. 206 : enclencher : déclencher, mettre en marche.

p. 224 : quiconque : n'importe qui, personne.

p. 227 : scander : prononcer un mot en insistant sur toutes les syllabes.

p. 234 : interloquer : étonner, ahurir, stupéfier.

p. 238 : frénétiquement : faire quelque chose rapidement et à répétitions.

p. 279 : une bâtisse : petit bâtiment.

p. 293 : flamboyant : très brillant, éclatant.

p. 296 : être désemparé : perdre tous ses moyens.

p. 311 : une métamorphose : transformation radicale d'une personne ou d'un animal.

p. 319 : détonner : ne pas être en harmonie avec le reste.

p. 350 : catastrophé : consterné, paniqué.

p. 356 : rauque : voix rude, comme enrouée.

p. 388 : se laisser choir : se laisser tomber.